Yasunari Kawabata:
Handtellergeschichten

Ausgewählt und aus dem
Japanischen übersetzt von
Siegfried Schaarschmidt

Deutscher
Taschenbuch
Verlag

dtv

Von Yasunari Kawabata
sind im Deutschen Taschenbuch Verlag erschienen:
Schönheit und Trauer (11245)
Ein Kirschbaum im Winter (11297)

Ungekürzte Ausgabe
Dezember 1992
Deutscher Taschenbuch Verlag GmbH & Co. KG,
München

Die vorliegenden Handtellergeschichten wurden
dem Band I (›Tenohira no shōsetsu‹) der
Gesamtausgabe ›Kawabata Yasunari Zensū‹,
Verlag Shinchō-sha, Tōkyō 1980-1984, entnommen.

ISBN 3-446-15260-1
Umschlagtypographie: Celestino Piatti
Umschlagbild: Rotraut Susanne Berner
Gesamtherstellung: C. H. Beck'sche Buchdruckerei,
Nördlingen
Printed in Germany · ISBN 3-423-11621-8

Inhalt

Draußen die Sonne

In jenem Herbst, ich war vierundzwanzig, traf ich in einem Gasthaus am Meer ein junges Mädchen. So fing die Liebe an.

Ohne den aufgerichteten Nacken zu bewegen, hatte sie plötzlich den Kimono-Ärmel hochgenommen und dahinter ihr Gesicht versteckt.

Als ich das sah, wurde mir klar, daß ich abermals der schrecklichen Sucht verfallen sein mußte. Ich war verwirrt und machte ein gequältes Gesicht.

»Ich fürchte, ich habe Sie angestarrt, oder?«

»Oh . . . so sehr nun auch wieder nicht.«

Ihre Stimme war sanft, und da belustigt klang, was sie sagte, fühlte ich mich ein wenig sicherer.

»Schlimm, nicht wahr?«

»Nein, nein, ich meine nur . . . ach, ist schon recht.«

Sie ließ den Ärmel sinken, in ihrem Ausdruck war die leichte Anstrengung zu erkennen, die sie der Entschluß gekostet hatte, meine Blicke zu erdulden. Ich wandte die Augen ab und sah hinaus aufs Meer.

Ich habe die Angewohnheit, die um mich Sitzenden so anzustarren, daß ich die meisten schließlich niederzwinge. Oft genug gelobte ich mir Besserung, doch ist es mir noch stets schwergefallen, den Leuten in meiner Nähe nicht ins Gesicht zu sehen. Wenn ich dann spüre, wie ich wieder damit anfan-

ge, überkommt mich ein heftiger Widerwille gegen mich selber. Aber habe ich damals, nach dem frühen Verlust von Eltern und Zuhause, als ich anderen Familien zur Last war, nicht immer nur aus den Gesichtern gelesen? Bin ich, frage ich mich, nicht deshalb so geworden?
Gelegentlich hatte ich den verzweifelten Versuch gemacht, mich zu erinnern, ob ich diese Angewohnheit wirklich erst entwickelte, als sich Fremde um mich kümmerten, oder ob ich sie noch aus der Zeit in meiner eigenen Familie besaß; indessen war mir nichts Klärendes eingefallen.
Jetzt hingegen, da sich vom Licht der Herbstsonne am Meer der Sandstrand verfärbte, auf den ich, um das Mädchen zu beruhigen, den Blick gerichtet hielt, rief diese besonnte Stelle da draußen eine alte, lang begrabene Erinnerung in mir herauf.
Nachdem meine Eltern gestorben waren, lebte ich an die zehn Jahre allein mit Großvater in seinem Haus auf dem Lande. Großvater war blind. Jahraus, jahrein saß er, vor sich das längliche Holzkohlebecken und nach Osten gewandt, in demselben Zimmer auf demselben Platz. Dann und wann drehte er den Kopf nach Süden. Niemals aber war sein Gesicht dem Norden zugekehrt. Sowie ich das mitbekommen hatte, begann mich seine Art, den Kopf immer nur in einer Richtung zu bewegen, schrecklich zu beunruhigen. Bisweilen saß ich lange vor ihm und starrte auf sein Gesicht: ob er es nicht doch einmal nach Norden drehte? Doch er wandte den Kopf nur alle fünf Minuten wie eine elektrische Puppe nach rechts, nur immer dem Süden zu, so daß mir ganz traurig, ja auch unheimlich

zumute war. Der Süden ist die Sonnenseite. Vom Süden her, so malte ich mir aus, müßte selbst ein Blinder eine winzige Spur von Helle empfinden. Die Sache mit der Sonnenseite – ich hatte sie vergessen, aber nun erinnerte ich mich genau.
Weil ich wollte, daß Großvater sich einmal nach Norden umdrehte, hatte ich ihn angestarrt, hatte ihm, dem Blinden, wieder und wieder wie selbstverständlich voll ins Gesicht gestarrt. Und ich begriff aus dieser Erinnerung: daher also, aus jener Zeit noch in meiner eigenen Familie, rührt meine Angewohnheit, den Leuten so ins Gesicht zu schauen. Sie ist kein Zeichen niedriger Gesinnung. Ja, ich darf mich ruhigen Gewissens selbst bemitleiden, daß ich mit einer solchen Angewohnheit geschlagen bin. Bei diesem Gedanken hätte ich vor Freude in die Luft springen mögen. Das um so mehr, als ich im Augenblick einzig von dem Verlangen erfüllt war, vor dem Mädchen makellos dazustehen.
»Ich bin zwar«, fuhr sie fort, »daran gewöhnt, dennoch fühle ich mich einigermaßen beschämt.«
Das klang als wollte sie mir damit bedeuten, daß es ihr durchaus nicht unangenehm wäre, wenn ich meinen Blick zurücklenkte auf ihr Gesicht. Wahrscheinlich war sie der Meinung, sie habe sich vordem zu dumm angestellt.
Mit aufgeheiterter Miene sah ich sie an. Woraufhin sie ein wenig errötete, um mir dann einen verschlagenen Blick zuzuwerfen. »Mein Gesicht nämlich wird jetzt von Tag zu Tag und von Nacht zu Nacht weniger ungewöhnlich werden; da ist also keine Gefahr«, sagte sie in einem kindlichen Tonfall.

Ich lachte. Mir war, als wäre plötzlich so etwas wie eine Vertrautheit zwischen uns zustande gekommen. Und ich brannte darauf, mit ihr und der Erinnerung an Großvater hinauszulaufen in die Sonne draußen auf dem Strand.

Die Uhr

Ein in der Kanzlei eines Anwalts beschäftigter armer Kandidat der Jurisprudenz war im Zusammenhang mit der Verteidigung eines der Bestechlichkeit beschuldigten Stadtverordneten gleichzeitig und völlig unverhofft zu einer hübschen Freundin wie auch zu einigem Geld gekommen.
Er führte die Frau ins Theater aus.
Hinterher nahmen sie am Theaterausgang ein kleines Taxi. Es geschah das erstemal in seinem Leben, daß er ein Automobil bestieg. Noch ein halbes Jahr zuvor, als er in einen Thermalbadeort reiste, hatte er sogar um den Omnibus respektvoll einen großen Bogen gemacht und sich lieber in einer Pferdedroschke durchrütteln lassen.
Jetzt, in dem engen Kasten und abgeschnitten von der frischen Luft, wirkte die Nähe der jungen Frau an seiner Seite zwar unvermindert erregend auf ihn, indessen begann in dem windstillen, eisigen Gehäuse des die Nacht durcheilenden Automobils seine Leidenschaft allmählich zur Verzagtheit zusammenzuschrumpfen und schließlich ganz zu schwinden.
Verstört, wie er war, meinte er plötzlich: »Vor dem Theater stehen eben nur billige Taxis. Es ist jedoch besser, sich damit abzufinden, als zu Fuß zu einer Garage mit anständigen Wagen zu marschieren. Bei der Kälte.«

»O ja«, erwiderte einsilbig die Frau; da sie sich aber wie fragend zu ihm umwandte, setzte er um einiges hastiger hinzu: »Mich jedenfalls fröstelt es. So klein er ist, dieser Kasten, so kalt ist er.«
Und dann, in einem Tonfall, als ob er sich etwas bestätigen wollte, und indem er klatschend auf die in keine Überzüge gehüllten harten Ledersitze klopfte: »Ist doch wahr. Einfach unerträglich!«
»Sie sagen es.«
Vergebens hatte die Frau nach einer passenderen Antwort gesucht. Seine Laune verblich zu einem leichten Ärger über sich selber.
Um den Dingen eine andere Wendung zu geben, streckte er unvermittelt die Hand aus und versuchte, den Arm der Frau in ihrem Schoß herumzudrehen.
»Wie spät haben wir's denn?«
Vor lauter Überraschung stieß die Frau einen spitzen Schrei aus. »Aber nicht doch! Sie taugt nichts, diese Uhr.«
Er erschrak und zog seine Hand zurück. Die Frau wurde rot im Gesicht.
»Diese Uhr taugt wahrhaftig nichts. Sie ist für meinen schmalen Arm zu groß, und es ist eine japanische Uhr. Ein hiesiges Fabrikat. Ein altmodisches obendrein. Wann haben Sie eigentlich bemerkt, daß ich überhaupt eine Uhr trage? Hören Sie, Sie haben mir gewiß bis tief in den Ärmel geschaut, oder?«
Ihm wurde heiß. So rasch fielen ihm keine Artigkeiten ein.
»Andererseits war sie das letzte Geschenk meiner Mutter. Deshalb trage ich sie. Eine Erinnerung so-

zusagen an Mama auf meiner Haut, an die alten Zeiten – verstehen Sie?«

»Dann hören Sie da also Ihre Frau Mutter, wie?«

»Ich sie hören? Ja, natürlich! Und weil es ein japanisches Fabrikat ist, hört sie sich richtig wie eine Japanerin an – mit einer weichen, undeutlichen Stimme.«

»Wirklich?«

Er nahm den Arm der zum erstenmal ein wenig fröhlicheren Frau und hob ihn an sein Ohr.

»Nun, hören Sie's – was meine Mutter sagt? Mit einer Mannsperson auszugehen, sagt sie, tut nicht gut . . .«

Die Frau lächelte. Als ihr Arm seine Wange berührte, ging ein Schaudern durch seinen Körper.

. . . Man sollte die Neigung der beiden zu solchen Nichtigkeiten nicht leichtfertig verachten. Als zufälliges Resultat dieser Nichtigkeiten wurde ihm, der er sich vor den weiblichen Wesen in der Welt sklavisch geängstigt hatte, wenigstens eine Spur von Mut zur Liebe zuteil.

Und aufs Ganze gesehen: vielleicht ist die Liebe an sich ohnehin etwas derart Absurdes, daß sie, wie immer man es anstellt, auf jeden Fall zustandekommt.

Darüber hinaus aber hat diese Begebenheit vermutlich einen Aufschwung im Dasein des Mannes bewirkt, hat ihn in seinem Lebensgefühl einen Schritt vorwärts gebracht. Ist doch nicht auszuschließen, daß ihm allein deshalb, weil er ihren Körper leicht berührte, die folgende Einsicht überkam: »Ich werde diese hübsche Frau am Ende so verwandeln, daß sie sich das von ihr geborene

Kind auf den Rücken bindet und ihre goldene Uhr zum Pfandhaus trägt.«

Frisuren

Ein junges Mädchen gedachte sich das Haar aufbinden zu lassen.
Das war in einem kleinen Dorf tief in den Bergen.
Als das Mädchen zum Haus der Friseuse kam, hatten sich dort zu seiner Überraschung auch alle anderen Mädchen aus dem Dorf eingefunden.
An diesem Abend – die aus der Fasson geratenen Momoware-Knoten waren inzwischen sämtlich neu aufgebunden – rückte eine Kompanie Soldaten in das Dorf ein. Zum Übernachten wurden sie vom Gemeindeamt auf die einzelnen Häuser verteilt. Kurzum, es war kein Haus im Dorf ohne einen Gast. Gäste zu haben war etwas höchst Ungewöhnliches. Deshalb wohl waren die Mädchen darauf versessen gewesen, sich wenigstens das Haar aufbinden zu lassen.
Freilich, zwischen den Mädchen und den Soldaten war dann doch nicht das geringste vorgefallen, als die Kompanie am nächsten Morgen das Dorf verließ und über den Berg davonmarschierte.
Die völlig erschöpfte Friseuse aber hoffte, nun für die nächsten vier Tage einmal ordentlich Zeit zu haben. Und in dem aus getaner Arbeit resultierenden Glücksgefühl machte sie sich am selben Morgen wie die Soldaten und über denselben Berg hinweg in einem holpernden Pferdewagen auf den Weg, um ihren Kerl zu besuchen.

Als sie hinter dem Berg das nächste etwas größere Dorf erreichte, meinte die dortige Friseuse: »Oh, ist das eine Freude! Du kommst wahrhaftig wie gerufen. Sei so lieb und hilf mir ein wenig!«
Auch hier hatten sich alle Mädchen aus den Bergen eingefunden.
Also war sie wieder bis gegen Abend damit beschäftigt, die Momoware-Knoten in Ordnung zu bringen; dann ging sie hinaus zu der kleinen Silbermine des Dorfes, in der ihr Kerl arbeitete. Sowie sie ihn sah, platzte sie damit heraus und sagte: »Wenn ich den Soldaten hinterherfahre, werde ich, denke ich, steinreich.«
»Dich an die Soldaten hängen? Mach keine Witze! Was ist schon dran an den Grünschnäbeln in ihren gelben Uniformen?! Du dumme Gans!«
Wild prügelte der Mann auf die Friseuse ein. Dabei sah sie ihn, als wäre ihr Körper taub von der allzu großen Müdigkeit, mit süß verzückten Blicken an.
... Von den Soldaten, die sich vom Berg herunter in Kolonne zu nähern schienen, scholl ein helles, kraftvolles Hornsignal durch die dörfliche Abenddämmerung herüber.

Das Kanarienpärchen

Sehr verehrte, gnädige Frau!
Nach allem und unter dem Bruch des gegebenen Versprechens sehe ich mich gedrängt, Ihnen dieses eine Mal noch einen Brief zu schreiben.
Ich kann die beiden Kanarienvögel, die Sie mir voriges Jahr schenkten, nicht länger behalten. Tatsächlich hatte mir meine Frau die Sorge für diese Vögel abgenommen. Meine Aufgabe bestand allein darin, daß ich sie anschaute. Und indem ich sie anschaute, kehrten meine Gedanken, Gnädigste, zu Ihnen zurück.
Wie sagten Sie doch damals? . . . »Sie haben eine Frau, ich habe einen Mann; besser, wir trennen uns. Ach, wären wenigstens Sie nicht verheiratet! . . . So nehmen Sie bitte zum Andenken an mich diese Kanarienvögel. Sehen Sie nur: es ist ein Pärchen! Irgendwo hat sich ein Vogelhändler nach Gutdünken ein Männchen und ein Weibchen gegriffen und hat sie zusammen in einen Käfig gesperrt. Die Vögel selber können nichts dafür. Sei dem, wie ihm wolle, jedenfalls bitte ich Sie, bei diesen Vögeln meiner zu gedenken. Gewiß mag es seltsam erscheinen, etwas Lebendiges als Souvenir zu verschenken. Doch es lebt schließlich auch unsere Erinnerung. Und wie das Kanarienpärchen irgendwann sterben wird, wollen wir, wenn die Zeit kommt, daß sie enden muß, auch unsere Erinne-

rung aneinander sterben lassen . . .« Das waren Ihre Worte.
Und jetzt also werden diese Kanarienvögel sterben. Weil niemand mehr da ist, der sie füttert. Weil ich, der arme, der liederliche Maler, nicht imstande bin, für die zarten Vögel zu sorgen. Ich will es deutlicher sagen. Meine Frau, die sich um die Vögel kümmerte, ist tot. Sie ist gestorben, und so werden auch die Kanarienvögel sterben . . . Wenn ich es recht betrachte: hatte ich's nicht meiner Frau zu verdanken, daß mir die Erinnerung an Sie, Gnädigste, so lange blieb?
Ich habe mir überlegt, ob ich sie freilassen sollte, die beiden Kanarienvögel. Aber seit meine Frau gestorben ist, wirken ihre Flügel plötzlich wie ermattet. Zudem kennen sie sich ja am Himmel nicht aus. Weder hier in der Stadt noch in den nahen Wäldern hat dieses Pärchen Gefährten, in deren Schwarm es fliegen könnte. Und angenommen, die beiden trennten sich und flögen davon, so stürbe doch am Ende nur jeder für sich allein. Ein Vogelhändler irgendwo habe sich nach Gutdünken ein Männchen und ein Weibchen gegriffen und sie zusammen in einen Käfig gesperrt, sagten Sie damals, Gnädigste –
Dennoch, nein, an einen Vogelhändler mag ich sie nicht verkaufen. Sind sie doch, Gnädigste, ein Geschenk von Ihnen. Ebenso widerstrebt es mir, sie Ihnen zurückzugeben. War es doch meine Frau, die sich um die Vögel gekümmert hat. Außerdem dürfte Ihnen das Kanarienpärchen, das Sie vermutlich längst vergessen haben, nur lästig werden.
Um mich zu wiederholen: weil es meine Frau gab,

sind die Kanarienvögel bis heute am Leben geblieben. Als eine Erinnerung, Gnädigste, an Sie ... Deshalb möchte ich, verstehen Sie, daß diese Vögel meiner Frau nachfolgen in den Tod. Und es war ja nicht allein die Erinnerung. Wieso überhaupt konnte ich mich in eine Dame wie Sie, Gnädigste, verlieben? War's nicht, weil es meine Frau gab? Sie ließ mich so ganz die Mühsal des Alltags vergessen. Sie sorgte dafür, daß ich die eine Hälfte des Lebens nicht zu Gesicht bekam. Anders hätte ich, Gnädigste, vor einer Dame, wie Sie es sind, gewiß zur Seite geblickt oder scheu den Kopf gesenkt.

Es wird, Gnädigste, das beste sein, ich töte das Kanarienpärchen, um es auf dem Grab meiner Frau beizusetzen.

Der Hafen

Das ist ein seltsamer Hafen.
Hier kommen ehrbare Ehefrauen und junge Mädchen in den Gasthof. Und solange ein Gast da ist, bleibt eine von ihnen über Nacht. Morgens, nachdem sie aufgestanden sind, auch beim Mittagessen und beim Spazierengehen, immer ist sie mit ihm zusammen. Ganz wie Jungvermählte auf der Hochzeitsreise . . .
Und trotzdem, wenn er ihr vorschlägt, mit ihm in ein nahes Thermalbad zu fahren, wird sie den Kopf ein wenig zur Seite neigen und zu grübeln anfangen. Sagt er hingegen, er wolle in dem Hafenstädtchen ein Haus mieten, und sie ist noch ein junges Mädchen, so kann er ziemlich sicher sein, daß sie ihm freudestrahlend erwidert: »Da will ich gern deine Hausfrau werden. Vorausgesetzt, es ist nicht für allzu lang, nicht für ein halbes oder gar ein ganzes Jahr.«

. . . Als er hastig sein Gepäck zusammenschnürte, weil er an diesem Morgen mit dem Schiff abzureisen gedachte, sagte sie, während sie ihm dabei half: »Hör mal, du könntest nicht einen Brief für mich schreiben?«
»Was denn, ausgerechnet jetzt?«
»Aber ich bin ja nicht mehr deine Frau. Da ist das doch kein Problem, oder? Solange du hier warst,

bin ich immer an deiner Seite gewesen. Habe nie irgendwas Böses getan. Jedenfalls habe ich nun aufgehört, deine Frau zu sein.«

»Wenn du es so siehst«, meinte er und schrieb ihr den Brief, der an einen Mann gerichtet war. An einen Mann offenbar, der wie er selber in diesem Gasthof mit dieser Frau einen halben Monat verbracht hatte.

»Schickst du mir auch einmal einen Brief? An einem Morgen zum Beispiel, an dem wieder irgend ein Mann das Schiff besteigt und du wieder aufgehört hast, seine Frau zu sein –?«

Photographien

Ein mit Verlaub gesagt häßlicher Mann, der allerdings, wie ich überzeugt bin, eben seiner Häßlichkeit wegen zum Dichter wurde, dieser Dichter also erzählte mir:

Wissen Sie, ich mag keine Photographien, ich denke selten daran, mich photographieren zu lassen. Zuletzt geschah es vor vier, fünf Jahren, zur Verlobung mit meiner damaligen Geliebten. Ich habe sie sehr verehrt. War ich doch überzeugt, in meinem ganzen Leben würde mir nie wieder eine solche Frau begegnen. Jetzt sind diese Photographien meine einzige schöne Erinnerung.
Voriges Jahr nun wollte eine Zeitschrift ein Bild von mir bringen. Ich nahm eine Photographie, auf der ich zusammen mit meiner Geliebten und ihrer älteren Schwester zu sehen war, schnitt mein Bild heraus und schickte es an den Verlag. Neulich erst wurde ich abermals um eine Photographie gebeten, diesmal von einer Tageszeitung. Ich überlegte hin und her, dann schnitt ich ein Bild, das mich mit meiner Geliebten zeigte, mittendurch und gab es dem Reporter. Ich machte ihn darauf aufmerksam, daß ich es jedenfalls zurückhaben möchte, doch offensichtlich denkt er nicht daran. Na, von mir aus.
Dennoch, so gleichgültig, wissen Sie, ist mir das

auch wieder nicht. Der Anblick der halbierten Photographie, der Photographie mit der alleingelassenen Geliebten hat mich, muß ich gestehen, recht betroffen gemacht. Diese Kleine da, sagte ich mir, das soll sie sein? . . . Stellen Sie sich bitte vor: die Geliebte auf der Photographie war in Wirklichkeit von der anmutigsten Schönheit. Freilich war sie damals siebzehn. Und dazu verliebt. Als ich sie aber jetzt allein und losgetrennt von mir auf der in meiner Hand verbliebenen Photographie betrachtete, hatte ich das Gefühl: Was denn, ein so gewöhnliches Mädchen soll sie gewesen sein? Dabei hatte mir die Photographie bis eben noch einen so schönen Eindruck gemacht . . . Augenblicklich war ich aus einem langen Traum erwacht. Mein sorgsam gehüteter Schatz war zerstört.

Da dem aber so ist – – – sagte der Dichter, wobei er seine Stimme um eine Stufe zurücknahm.

Da dem so ist, wird sie, wenn sie mein Bild in der Zeitung sieht, zweifellos genauso denken. Sie wird sich selber leid tun, daß sie einen solchen Mann auch nur einen Tag lang geliebt hat . . . Und damit ist dann alles zu Ende.

Angenommen jedoch, die Zeitung – stell ich mir einmal vor – würde die Photographie von uns beiden drucken, wie sie war: uns beide nebeneinander, wäre es nicht denkbar, sie käme von irgendwoher zurückgeflogen zu mir, indem sie sich sagte: Was ist er doch für ein Mensch – !?

Der Sonnenuntergang

Vor Verwirrung völlig außer sich schreibt die Kurzsichtige am Eingang des Postamts Zweiter Klasse eine Briefkarte.

»Durchs Fenster der Elektrischen – durchs Fenster der Elektrischen – durchs Fenster der Elektrischen«, schreibt sie dreimal und streicht es wieder aus. »Die Gegenwärtige – die Gegenwärtige – die Gegenwärtige.«

Der für Eilsendungen zuständige Beamte kratzt sich mit dem Bleistift am Kopf.

Die Kellnerin läßt sich in der Küche des großen Restaurants vom Koch die Bänder einer frischen Schürze binden.

»Du willst sie hinten gebunden haben? Hinten freilich ist die Vergangenheit. Ich könnte sie dir vorn über den Brüsten binden.«

»Pfui!«

Selbst der Dichter, dieser Verschwender, kauft Zucker. Beim Zuckerhändler stößt der Lehrling den riesigen Löffel in einen Berg von Zucker.

»Nein. Keine daheim gerösteten Reisklöße mehr! Besser, den Zucker in die Taschen gefüllt und durch die Stadt gelaufen – da schweben sie heran, die weißen Phantasien.«

Und dann murmelt der Dichter der ihm entgegenkommenden Menge zu: »He, Leute, ihr geht ja in die Vergangenheit. Ich meinerseits marschiere in die Zukunft. Also wäre, wer in dieselbe Richtung geht wie ich, wäre er, meint ihr, gleichfalls in die Zukunft unterwegs? Daß ihr euch da bloß nicht irrt!«

Auf seinem Fahrrad kurvt der Junge vom Postamt immer um die Kurzsichtige herum.

»Aufgepaßt! Aufgepaßt!«

»Nicht doch, wo ich so kurzsichtig bin! Beim Zukkerhändler kann ich nicht mal den schneeweißen Zucker erkennen. Natürlich dachte ich, er wäre mit jener Person durchs Fenster der Elektrischen gestiegen. Wenn er aber nun, Herr Eilbriefträger, die Gegenwärtige, wenn er am Ende gar mich –.«

Der Dichter und die Kellnerin im Restaurant, sie lächeln.

»Du hast eine frische Schürze an, stimmt's? Zeig dich, bitte von hinten! Zeig den neuen weißen Schmetterling, der sich auf deinem Rücken niedergelassen hat!«

»Du sollst nicht auf meine Vergangenheit schauen. Ich mag das nicht.«

»Schon gut. Ich ging auf die Zukunft los, nun bin ich bei dir.«

Da auf einmal – bis eben noch hat sie am Dach des Pfandhausspeichers geklebt, an dem die von Osten kommende Straße westwärts endet – ist lautlos und sanft die Sonne versunken.

Ah! . . . Im selben Augenblick geben all die Passanten auf der Straße einen kleinen Seufzer von sich und nehmen für die nächsten drei Schritte eine gemächlichere Gangart an. Ohne es jedoch zu bemerken.

Die Kinder, die am östlichen Ende der Straße spielen, wenden sich nach Westen um und hüpfen mit angezogenen Beinen in die Höhe. Wie um mit den Augen nach der untergegangenen Sonne zu haschen.

»Ich seh dich!«

»Ich seh dich!«

»Ich seh dich!« lügen sie drauflos. Obwohl sie sie gar nicht sehen können.

Die Sache mit dem Totengesicht

»Bitte, schau sie dir an. Das ist aus ihr geworden. Und wie hat es sie danach verlangt, dich noch einmal zu sehen!« sagte die Mutter seiner Frau erregt, indem sie ihn in jenen Raum geleitete.
Die Leute am Kopfende des Totenlagers sahen alle gleichzeitig zu ihm herüber.
»Schau sie dir an!« wiederholte ihre Mutter, schon im Begriff, das weiße Tuch zu entfernen, das das Gesicht seiner Frau bedeckte.
In diesem Augenblick, auch zu seiner eigenen Überraschung, bat er sie plötzlich: »Nein, warte doch! Wär's nicht möglich, daß ich mit ihr allein bliebe? Daß man mich hier mir selber überließe?«
Seine Worte bewirkten eine Art Ergriffenheit unter den Verwandten der Toten. Leise verließen sie den Raum und schlossen die Papierschiebetüren hinter sich.
Er zog das weiße Tuch weg.
Das Gesicht seiner toten Frau war in einem schmerzlichen Ausdruck erstarrt. Zwischen den schmalen, eingefallenen Wangen standen die beiden Reihen der verfärbten Zähne hervor. Die Lider waren eingetrocknet und klebten auf den Augäpfeln. Auf der Stirn hatte blanke Verzweiflung die Qualen eingefroren.
Für eine Weile saß er reglos da und starrte auf dieses häßliche Totengesicht hinunter.

Dann legte er die unablässig zitternden Hände auf die Lippen seiner Frau und versuchte ihren Mund zu schließen. Sobald er jedoch die gewaltsam zusammengebrachten Lippen losließ, öffneten sie sich langsam wieder. Er preßte sie abermals aufeinander. Und abermals öffneten sie sich. Während er ein ums andere Mal dieselbe Bewegung machte, bemerkte er, daß indessen zumindest die harten Linien um ihren Mund davon weicher geworden waren.

Auch hatte er das Gefühl, als sammelte sich in seinen Fingerspitzen eine heiße Leidenschaft. Wie um die jähe Verzweiflung auf dem Gesicht der Toten zu besänftigen, rieb er ihr kräftig die Stirn. Seine Handteller wurden heiß.

Und wieder saß er reglos da und starrte hinab auf das solchermaßen liebkoste, erneuerte Gesicht.

»Du wirst müde sein von der Bahn. Komm, iß zu Mittag, und dann ruh dich aus«, meinten die Mutter und die jüngere Schwester seiner Frau, als sie eintraten.

»So seht doch!« rief auf einmal die Mutter und brach in helle Tränen aus. »Ja, des Menschen Seele hat etwas Unheimliches. Sie hat nicht zu Ende sterben können, bis du zurückkamst von der Reise. Wie seltsam! Du schaust sie nur an, und schon ist ihr Totengesicht so ins Friedliche verwandelt . . . Bin ich froh! Und sie ist es gewiß auch.«

Auf seinen von einer Spur Wahnsinn durchschossenen Blick antwortete die jüngere Schwester seiner Frau aus ihren unirdisch schönen, hellen Augen. Dann warf sie sich laut schluchzend auf den Boden.

Das Geräusch menschlicher Schritte

Als die Paulownia-Bäume blühten, hatte man ihn aus dem Krankenhaus entlassen.

Im ersten Stock des Cafés stand die Balkontür offen. Die Anzüge der Kellner waren von blendend weißer Frische.

In der linken Hand – sie lag lässig auf dem Balkontisch – spürte er die angenehme Kühle des Marmors. In der Innenfläche der Rechten ruhte seine Wange, den Ellbogen hatte er auf die Brüstung gestützt. Seine Augen blickten wie gebannt hinab, als wollten sie sich an jedem einzelnen Passanten festsaugen. Beschwingt vom jugendlichen Licht der elektrischen Lampen schlenderten die Leute über das Paviment. Er hätte ihnen, schien ihm, mit ausgestrecktem Spazierstock auf die Köpfe schlagen können, so niedrig, obwohl im ersten Stock, hing dieser Balkon.

»Stadt und Land, meine ich, unterscheiden sich selbst darin, wie sie die Jahreszeiten erleben. Findest du nicht? Jemand vom Land würde zum Beispiel im Glanz der elektrischen Lichter nie den Frühsommer spüren. Auf dem Land ist es weniger der Mensch als vielmehr die Natur, sind es die Gräser und Bäume, die den Jahreszeiten ihr besonderes Gepräge geben. In der Stadt hingegen schmückt eher der Mensch die Jahreszeiten. Die vielen Leute, die so durch die Straßen flanieren, produzieren den Frühsommer geradezu. Ja, kommt dir diese Stadt denn nicht auch wie ein Frühsommer der Menschen vor?«

»Ein Frühsommer der Menschen? Da magst du recht haben«, antwortete er seiner Frau, und dabei erinnerte er sich an den Duft der Paulownia-Blüten vor den Fenstern im Krankenhaus. Sobald er die Augen zugemacht hatte, war sein Kopf in einem phantastischen Meer der unterschiedlichsten Beine ertrunken. Hatten sich seine sämtlichen Gehirnzellen in beinförmige Raupen verwandelt, die durch sein Universum krochen.

... Verschämte, dabei heimlich lachende Beine, wie wenn Frauen hinweggehen über die Dinge. Einmal noch zuckende, dann erstarrte Beine im Augenblick des Todes. An den Pferdebäuchen mit mageren Schenkeln Stallmeisterbeine. Beine, plump zwar und feist wie schmierige Walspeckreste und bisweilen dennoch angespannt von gewaltiger Kraft. Gelähmte Bettlerbeine, die sich in tiefer Nacht plötzlich strecken und erheben. Die hübschen Beinchen zwischen den Beinen der Mütter eben geborener Babys. Beine, müde wie das bißchen Leben des abends von der Firma heimgekehrten kleinen Angestellten. Beine, die beim Gang durch die Furt die Lust am klaren Wasser über ihre Knöchel in die Bäuche saugen. Nach Liebe suchende Beine, die scharf sind wie an engen Hosen die Bügelfalten, Mädchenbeine, die sich unsicher fragen, warum sich wohl ihre bis gestern nach außen gerichteten Zehenspitzen heute so sittsam mit einander zugewandten Gesichtern betrachten. Der vom vielen Geld beschwerten Taschen wegen weit ausschreitende Beine. Durchtriebene Frauenbeine von denen, die um den Mund ein Lächeln haben, um die Waden aber Spott und Hohn. Schweißbedeckte Beine, die, aus der Stadt zurück, die Socken fallen lassen, um sich abzukühlen. Schöne Beine auf der Bühne, die anstelle des Gewissens der Tänzerin die Sünden der vorigen Nacht beklagen. Beine von Männern, die in Cafés schamlose Lieder singen von verlassenen Frauen. Beine, die die Trauer schwer und die Freude leicht befinden. Beine von Sportlern, Dichtern, Wucherern, von vornehmen Damen und von Schwimmerinnen. Oder von Grundschülern. Beine, Beine, Beine . . . Darunter die Beine seiner Frau.

Und dann sein eigenes rechtes Bein, das ihm, nachdem er vom Winter bis in den Frühling am Kniegelenk gelitten hatte, schließlich amputiert worden war . . . Während ihn aber im Krankenhausbett die von diesem einen Bein verursachten Traumgesichte der vielen Beine gepeinigt hatten, waren seine Gedanken sehnsüchtig zu dem Café gewandert und dort zu dem Balkon, der ihm wie eine Brille erschien, eigens konstruiert, um durch sie auf das lebhafte Getriebe in dieser Straße hinabzuschauen. Vor allem war er begierig gewesen, Menschen beim wechselweisen Auftreten mit ihren beiden gesunden Beinen zu beobachten und das Geräusch ihrer Schritte zu genießen.

»Jetzt erst, da ich das Bein verloren habe, begreife ich, was eigentlich Gutes am Frühsommer ist. Bis dahin möchte ich aus dem Krankenhaus heraus sein und in dieses Café gehen«, hatte er zu seiner Frau gesagt und dabei einen Blick auf die weißen

Magnolienblüten geworfen. »Wenn ich mir's recht überlege, sind die menschlichen Beine das ganze Jahr über nie wieder so schön wie im Frühsommer. Spazieren die Menschen nie wieder so frisch und munter, so frohgelaunt durch die Stadt wie im Frühsommer. Ja, bevor die Magnolienblüten fallen, muß ich heraus sein aus dem Krankenhaus.« Deshalb sah er nun gebannt von diesem Balkon hinab, als wäre er in all die Vorübergehenden verliebt.

»Sogar der Windhauch hat sich, scheint es, frisch gemacht.«

»Das ist nun mal so beim Wechsel der Jahreszeiten. Oder willst du damit sagen, ich merkte nicht, daß nicht nur meine Wäsche, sondern auch das gestern gewaschene Haar heute schon wieder ein bißchen dreckig ist?«

»Das interessiert mich nicht. Mir geht es um Beine. Um menschliche Beine im Frühsommer.«

»Ich könnte ja da unten mit spazierengehen und sie dir zeigen.«

»Das wäre gegen die Abmachung. Als mir im Krankenhaus das Bein abgeschnitten wurde, hast du erklärt, von nun an wollten wir zwei ein Dreibeiner sein. Oder etwa nicht?«

»Na, und der Frühsommer, diese schönste Jahreszeit, wie du sagst – verschafft er dir nun die gewünschte Befriedigung?«

»Kannst du nicht einmal still sein? Wie soll ich denn sonst die Schritte der Passanten hören?«

Feierlich strengte er seine Ohren an, um das wertvolle Geräusch des menschlichen Schrittes aus dem Brausen der abendlichen Stadt herauszuhören.

Schließlich schloß er auch die Augen. Und dann, mit einem Prasseln, als ginge auf einen See ein Regen nieder, ergossen sich die Schrittgeräusche von all den Passanten in seine Seele. Ein Ausdruck subtiler Freude begann seine schlaffen Wangen zu erhellen.

Allmählich jedoch verflog die freudige Stimmung wieder . . . Sein Gesicht wurde bleich, gleichzeitig riß er wie krankhaft die Augen weit auf.

»Du ahnst es nicht! Die Leute hinken alle. Unter den Beinpaaren, deren Schritte ich höre, ist nicht ein einziges, bei dem dieses Geräusch gleichmäßig wäre.«

»Wie das? Aber vielleicht ist es wirklich so . . . Das Herz sitzt auch immer nur auf der einen Seite.«

»Es liegt, scheint mir, nicht allein an den Beinen der Menschen, daß ihre Schrittgeräusche in Unordnung geraten. Wenn ich genau hinhöre, sind das Geräusche, die auf eine Erkrankung der Seele deuten. Geräusche, mit denen sich der Körper der Erde gegenüber bekümmert auf den Tag verpflichtet, an dem der Seele die Totenfeier gehalten wird.«

»Das mag schon sein. Ist aber doch nicht auf die Schrittgeräusche beschränkt, sondern trifft vielmehr auf alles mögliche zu. Je nachdem, wie man's sieht. Trotzdem fürchte ich, es sind nur wieder deine überreizten Nerven.«

»Nein, so hör sie dir doch an! Die Schritte in der Stadt klingen krank. Alle hinken sie wie ich. Weil ich mein Bein verloren habe, wollte ich mich an dem Eindruck freuen, den zwei gesunde Beine machen können; daß ich dabei im Gegenteil eine menschliche Krankheit entdecken würde, habe ich nicht vermutet. Hätte nicht geglaubt, daß ich mir damit eine neue Schwermut einhandeln würde. Und nun muß ich zusehen, wie ich diese Schwermut wieder loswerde ... Ach, laß uns aufs Land gehen. Sicher ist das Leben dort für Leib und Seele gesünder als in der Stadt, und vermutlich sind dort auch gesunde und gleichmäßige Schrittgeräusche zu hören.«

»Das nützt dir genauso wenig. Geh lieber in den Zoologischen Garten und lausch den Schritten der Vierbeiner!«

»In den Zoologischen Garten? Wahrscheinlich hast du recht. Wahrscheinlich sind die Läufe der Tiere, die Flügel der Vögel robuster, sind die Geräusche, die sie verursachen, schöner und harmonischer.«

»Was redest du da? Ich hab das doch nur aus Spaß gesagt.«

»Als sich der Mensch angewöhnte, auf zwei Beinen zu stehen und zu gehen, nahm die Krankheit der Menschenseele ihren Anfang, und es ist daher wohl nur selbstverständlich, daß seine beiden Beine keine gleichmäßigen Schritte machen.«

Bald darauf und mit einem Gesicht, als hätte er ein Bein seiner Seele verloren, stieg er, der er ein Kunstbein trug, mit Hilfe seiner Frau in ein Automobil. Auch das Geräusch der Wagenräder klang einseitig, was in ihm den Verdacht weckte, ihre Seele müsse erkrankt sein. An den Straßen verstreuten die elektrischen Lampen verschwenderisch die Blüten der neuen Jahreszeit.

Das Meer

An einem Julitag wanderte ein Trupp von Koreanern die weiße Gebirgsstraße hinauf. Als das Meer sichtbar wurde, waren alle bereits ziemlich erschöpft.
Sie hatten die über die Berge führende Straße gebaut. Die etwa siebzig Erdarbeiter hatten drei Jahre lang geschuftet, dann war die Straße bis hinauf zur Paßhöhe fertig. Jenseits des Passes war der Unternehmer ein anderer, er hatte sie nicht beschäftigen wollen.
Die Frauen waren schon im Morgengrauen aus dem Bergdorf aufgebrochen. Ein Mädchen von sechzehn oder siebzehn Jahren wurde, als das Meer zu sehen war, im Gesicht weiß wie Papier und taumelte.
»Mir tut der Bauch so weh. Ich kann nicht weiter.«
»Ja, was machen wir da? Ruhst dich eben eine Weile aus und schließt dich dann den Männern an.«
»Kommen die denn auch alle hier vorbei?«
»Aber natürlich kommen sie. Sie kommen dahergeströmt wie ein Fluß.«
Lachend schulterten die Frauen ihre Reisekörbe und Furoshiki-Bündel und gingen weiter, abwärts, auf das Meer zu.
Das Mädchen setzte sein Gepäck ab und hockte sich ins Gras.

Eine Gruppe von etwa zehn Arbeitern kam vorbei.
»Na, was ist mir dir?«
»Kommen nach euch auch noch welche?«
»Aber ganz gewiß.«
»Mir tut nämlich der Bauch weh. Da warte ich auf die anderen.«
Beim Blick auf das sommerliche Meer schwindelte dem Mädchen der Kopf. Tief drang ihm das Geschrill der Abura-Zikaden in den Leib. Jedesmal, wenn wieder einige der Arbeiter vorbeikamen, vier oder sieben oder zwei, so wie sie zu unterschiedlicher Stunde aus dem Bergdorf aufgebrochen waren, redeten sie das Mädchen an. Und immer antwortete das Mädchen auf die gleiche Weise.
»Na, was ist mit dir?«
»Ob wohl nach euch noch jemand kommt?«
»Aber ganz gewiß.«
Schließlich trat, einen Koffer aus Weidengeflecht auf dem Rücken, ein einzelner junger Erdarbeiter aus dem Zedernwald.
»He, warum heulst du?«
»Kommt vielleicht nach dir noch irgendwer?«
»Ausgeschlossen! Ich bin absichtlich bis zuletzt geblieben, weil ich mich von einer Frau so schwer hab trennen können.«
»Es kommt also keiner mehr?«
»Woher auch?«
»Wirklich keiner mehr?«
»Jetzt heul doch nicht! Was ist bloß los mit dir?«
Der Arbeiter setzte sich neben das Mädchen.
»Mir tut der Bauch weh, ich kann nicht weiter.«
»Wenn es so ist. Da werde ich dich in den Arm nehmen. Laß uns Mann und Frau sein!«

»O nein . . . Mein Vater hat gesagt: Heirate nicht in dem Land, in dem ich umgebracht wurde. Werde nie die Frau eines Burschen, der auch hierhergekommen ist. Geh zurück nach Korea und heirate dort!«
»Hm. Hat es also mit deinem Vater ein solches Ende genommen? Zeig mir mal deine Kleider!«
»Das ist alles«, sagte das Mädchen mit gesenktem Kopf und sah auf seinen mit Herbstgräsern gemusterten Yukata.
»Ich hab ihn geschenkt bekommen. Lieber hätte ich Fahrgeld für den Zug und ein koreanisches Gewand.«
»Und was hast du in dem Gepäck.«
»Töpfe und Reisschalen.«
»Laß uns Mann und Frau sein!«
»Kommt wirklich keiner mehr?«
»Ich bin der letzte. Und wenn du drei Jahre wartest, auf dieser Straße kommt kein Koreaner mehr daher.«
»Wirklich keiner?«
»Ich bitt dich, laß uns Mann und Frau sein! Wo du doch nicht weiter kannst. Ich geh jedenfalls.«
»Und du bist sicher, daß keiner mehr kommt?«
»So ist es. Deshalb tu, was ich dir sage.«
»Ja ja.«
»Na, dann wollen wir mal!«
Der Arbeiter legte seinen Arm um das Mädchen und sie erhoben sich. Beide luden sich ihr großes Gepäck auf den Rücken.
»Es kommt also gewiß keiner mehr?«
»Hör endlich auf damit!«
»Aber du mußt mich so führen, daß ich nie das Meer zu sehen bekomme.«

O-Shins Jizō

Im Garten hinter dem Thermalbad-Gasthof in den Bergen steht ein großer Eßkastanienbaum. Unter diesem Baum ist der zur Erinnerung an O-Shin aufgestellte steinerne Jizō-Bodhisattva zu finden. Dem Reiseführer zu den berühmten Plätzen zufolge soll O-Shin 1872 mit dreiundsechzig gestorben sein. Nachdem ihr Mann in ihrem vierundzwanzigsten Jahr im Tod vorausgegangen war, habe sie, so heißt es, das ganze Leben als Witwe verbracht. Genauer gesagt: als eine, die ausnahmslos jeden Burschen aus dem Dorf an sich heranließ. O-Shin erhörte die jungen Gebirgler, indem sie sie absolut gleich behandelte. Und die jungen Leute ihrerseits machten untereinander eine Reihenfolge aus und teilten sich O-Shin auf diese Weise. Hatte ein Knabe ein bestimmtes Alter erreicht, wurde er von den Burschen des Dorfes in die Gemeinschaft der Miteigentümer an O-Shin aufgenommen. Holte sich einer eine Frau zur Ehe, schlossen sie ihn aus der Gemeinschaft aus. Dank O-Shin brauchten die jungen Burschen nicht die Frauen in der Hafenstadt hinter dem fremden Paß aufzusuchen, behielten in den Bergen die Mädchen ihre Unschuld und die Ehefrauen wankten nicht in ihrer Tugend. Wie alle Männer in dem Tal jeweils eine Hängebrücke über den Wildbach überquerten, um in ihr Dorf zu gelangen, so wurden in diesem Dorf die

Männer dadurch erwachsen, daß sie über O-Shin hinweggingen.
Eine Legende, die er, der Gast, bezaubernd fand. Er spürte, wie er sich nach O-Shin sehnte. Aber O-Shins Jizō vermittelt nichts vom Aussehen O-Shins. Er hat einen kahlgeschorenen Mönchskopf, von dem unklar ist, ob er Augen und Nase besitzt oder nicht. Vermutlich handelt es sich um eine alte Jizō-Figur, die jemand umgestürzt auf einem Friedhof gefunden und mitgenommen hat.
Jenseits des Eßkastanienbaums befindet sich ein zweifelhaftes Lokal. Wenn sich die Badegäste an dem Baum vorbei dort hinüber oder zurück zum Gasthof schleichen, streicheln sie verstohlen O-Shins kahlen Schädel.
An einem Tag im Sommer saß der Gast mit einigen anderen zusammen beim Eiswasser. Er trank einen Schluck, gab ihn aber sogleich wieder von sich und runzelte die Stirn.
»Ist was nicht in Ordnung?« fragte die Kellnerin.
Er wies mit dem Finger hinter den Eßkastanienbaum hinüber.
»Sie haben es da drüben geholt, nicht wahr?«
»Ja.«
»Dann haben wohl die Frauen dort das Eis gestoßen. Deshalb also diese Unsauberkeit.«
»Wie können Sie so etwas sagen!? Die Wirtin selber hat das Eis zurechtgemacht. Ich hab es gesehen, als ich es holen ging.«
»Aber das Glas und den Löffel werden doch die Frauen gespült haben, oder?«
Mit einer Geste, als wollte er es wegwerfen, setzte er das Glas ab und spuckte aus.

Einmal, auf dem Rückweg zum Gasthof – er hatte sich die Wasserfälle angeschaut –, hielt er den Pferdeomnibus an. Er stieg ein, und im selben Augenblick erstarrte er. In dem Omnibus saß ein ungewöhnlich schönes Mädchen. Je länger er das Mädchen anschaute, desto stärker spürte er die Frau heraus. Seit sie drei gewesen ist, muß, dachte er, die warme Sinnlichkeit der Freudenviertel in ihren Körper eingedrungen sein und ihm diesen feucht schimmernden Glanz verliehen haben. An ihren üppig runden Formen kein Detail, das überbetont war. Keine Schwiele an den Fußsohlen. Das flächige Gesicht mit den dunklen, halb geöffneten Augen schien auf jene erfrischende Unbekümmertheit hinzudeuten, die nichts von Ermüdung weiß. Ihre Haut, die so ebenmäßig war, daß man nur auf den Teint der Wangen zu sehen brauchte, um die Färbung der Beine zu kennen, konnte in einem das Verlangen wecken, mit bloßen Füßen auf ihr herumzutrampeln. Sie ist, dachte er, eine Schlafstatt, weich und ohne ein Gewissen. Offenbar war diese Frau dazu geboren, die Männer ihre von der Konvention bestimmten Skrupel vergessen zu lassen. Beim Anblick ihrer Knie wurde ihm warm, doch wandte er die Augen ab und sah zum fernen Fuji-Berg hinüber, der über dem Tal heraufschwebte. Sah dann wieder auf das Mädchen. Wieder auf den Fuji. Und abermals auf das Mädchen. Wobei er wie lange nicht mehr die Schönheit dessen empfand, was man als die fleischliche Lust bezeichnet.

Das Mädchen stieg mit ihm aus, begleitet von einer alten Frau vom Lande. Sie überquerten die Hängebrücke. Sie gingen das Tal hinunter. Sie verschwanden in dem Lokal hinter dem Eßkastanienbaum. Er erschrak. Indessen verursachte ihm das Geschick dieses Mädchens das Gefühl einer wunderbaren Zufriedenheit.

»Diese Frau wird auch nach noch sovielen Männern in keiner Erschöpfung oder Verwüstung versinken. Anders als bei den meisten Freudenmädchen in der Welt werden bei dieser Prostituierten die Augen wie die Haut nie ihren Schimmer verlieren, werden Hals und Brüste und Hüften nie verwelken.«

Vor Entzücken darüber, daß er einer Heiligen begegnet war, kamen ihm die Tränen. Er glaubte, er habe leibhaftig O-Shin gesehen.

Im Herbst, er hatte den Beginn der Jagdsaison nicht abwarten können, fuhr er wieder in die Berge.

Die Leute vom Gasthof waren im hinteren Garten. Der Koch schleuderte kurze Knüppel in die Krone des Eßkastanienbaums. Braungereifte Stachelfrüchte mit den Kastanien darin fielen herab. Die Frauen lasen sie auf und schälten sie.

»Na gut. Einen Schuß zur Probe.«

Der Gast nahm sein Jagdgewehr aus dem Futteral und zielte in den Wipfel. Noch bevor aus dem Tal das Echo antwortete, prasselten die Kastanien zu Boden. Die Frauen erhoben ein Jubelgeschrei. Der Jagdhund vom Thermalbad-Gasthof kam auf den Schuß hin angesprungen.

Wie von ungefähr warf der Gast einen Blick hinter den Eßkastanienbaum. Von dort näherte sich jenes bewußte Mädchen. Näherte sich ihm mit dem noch immer schönen, aber nun blassen und in Schwer-

mut versunkenen Gesicht. Besorgt wandte er sich an das Zimmermädchen neben ihm.
»Ach, sie hat die ganze Zeit über krank gelegen.«
Schmerzlich wurde ihm bewußt, daß die Träume von dem, was man als die fleischliche Lust bezeichnet, zerstoben waren. Wie in einer unbestimmten Erbitterung drückte er wieder und wieder ab. Peitschende Schüsse, die den Bergherbst zerrissen. Ein Regen von Kastanien.
Der Jagdhund, im Begriff, sich über die Beute herzumachen, senkte mit erschrockenem Gebell die Schnauze und streckte die Vorderpfoten aus. Er stieß die Stachelfrüchte leicht mit den Pfoten an und bellte abermals wie verwirrt. Das blasse Mädchen meinte: »Was denkt denn ihr? Auch dem Hund tun die Stacheln weh.«
Die Frauen lachten laut auf. Der Gast spürte die Höhe des herbstlichen Himmels über sich. Er schoß noch einmal.
Ein Tropfen des braunen Herbstregens, eine der stachligen Früchte nämlich, schlug mitten auf dem kahlen Schädel von O-Shins Jizō auf. Die Kastanien flogen nach allen Richtungen auseinander. Die Frauen wollten sich ausschütten vor Lachen, weithin hallten ihre Siegesrufe.

Dankeschön

Heuer ist ein gutes Kaki-Jahr, in den Bergen hat man einen prächtigen Herbst.
Es beginnt in der Hafenstadt an der Südspitze der Halbinsel. In der Wartehalle, wo allerlei Süßigkeiten ausliegen, kommt in gelber Uniform mit violettem Kragen der Fahrer die Treppe herab. Auf den großen roten Linienautobus vor der Halle sind violette Wimpel aufgesteckt.
Eine Mutter, sie hält mit der Hand eine Süßigkeitentüte zu, erhebt sich und sagt zu dem Fahrer, während dieser sich sorgfältig die Schnürsenkel bindet: »Also seid Ihr heute an der Reihe, oder? Na, wenn es so ist, daß sie mit unserem Herrn Dankeschön fährt, wird meine Kleine gewiß vom Glück gesegnet sein. Jedenfalls ist das ein gutes Omen.«
Der Fahrer sieht die Tochter an, die neben ihr steht. Er bleibt stumm.
»Schieben wir es noch länger auf, wird nie was daraus. Zudem werden wir bald Winter haben. Und die Kleine in der kalten Zeit in die Fremde zu schicken, da täte sie einem ja leid, nicht wahr? Wenn schon, denk ich, dann doch wenigstens, solange noch schönes Wetter ist. Ich habe nämlich beschlossen, sie hinzubringen.«
Der Fahrer nickt schweigend, marschiert wie ein Soldat zu dem Autobus und rückt das Kissen auf dem Fahrersitz zurecht.

»Liebe Frau, setzen Sie sich bitte ganz vorn hin! Da rüttelt es nicht so sehr. Denn Sie haben eine weite Strecke vor sich.«
Die Mutter fährt in eine ungefähr sechzig Kilometer nach Norden gelegene Stadt an der Eisenbahnlinie, um ihre Tochter zu verkaufen.

Von der Gebirgsstraße hin und her geschaukelt, hat die Tochter wie gebannt ihre Blicke auf die korrekten Schultern des Fahrers unmittelbar vor sich gerichtet. Im Innern ihrer Augen beginnt sich die gelbe Uniform auszuweiten zu einer ganzen Welt. Aufgeteilt auf beide Seiten dieser Schultern die Formen der Berge. Der Autobus muß zwei hohe Pässe überqueren.
Ein Pferdeomnibus wird eingeholt. Er weicht an den Straßenrand aus.
»Dankeschön!« ruft der Fahrer deutlich und mit heller Stimme, wobei er wie ein Specht den Kopf senkt zu einer männlichen Ehrenbezeigung.
Ein holzbeladenes Fuhrwerk kommt entgegen. Es weicht an den Straßenrand aus.
»Dankeschön!«
Ein großer, zweirädriger Karren.
»Dankeschön!«
Eine Rikscha.
»Dankeschön!«
Ein Pferd.
»Dankeschön!«
Obwohl er in zehn Minuten dreißig Fahrzeuge überholt, läßt er doch in seiner Höflichkeit nicht nach. Ja, er könnte drei-, vierhundert Kilometer fahren, von seiner aufrichtigen Art würde er nie

abweichen. Hierin ist er einfach und natürlich wie eine geradegewachsene Zeder.
Kurz nach drei Uhr verließ der Autobus die Hafenstadt, jetzt müssen unterwegs die Lichter eingeschaltet werden. Bei jeder Begegnung mit Pferden indessen schaltet der Fahrer sämtliche vorderen Scheinwerfer aus.
»Dankeschön!«
»Dankeschön!«
»Dankeschön!«
Bei den Kutschen, Karren und Pferden auf diesen sechzig Kilometern Landstraße ist er der angesehenste Autobusfahrer.

Als die Tochter auf dem weiten Platz an der Haltestelle aussteigt in das nächtliche Dunkel hinab, zittert sie am ganzen Leib, und unsicher, als zöge es ihr die Beine weg, klammert sie sich an ihre Mutter.
»Warte hier auf mich!« meint die Mutter zu ihr und läuft dem Fahrer hinterher.
»Die Kleine, versteht Ihr, hat sich in Euch verliebt. Sagt sie. Ich bitte Euch! Ich lege meine Hände zusammen und flehe Euch an! Wo sie doch von morgen an Leuten als Spielzeug dienen soll, die sie noch nicht mal vom Ansehen kennt . . . Nein, ganz im Ernst. Wenn's um ein vornehmes Fräulein ginge, aus welcher Stadt auch immer, und es würde gerade dreißig Kilometer mitfahren in Eurem Autobus, wie dächtet Ihr denn dann, nicht wahr –?«

Am folgenden Morgen bei Tagesanbruch tritt der Fahrer aus der Absteige und marschiert wie ein

Soldat quer über den Platz. Hinter ihm kommen hastig Mutter und Tochter angetrippelt. Der aus der Garage herausgefahrene große rote Linienautobus hat die violetten Wimpel aufgesteckt und wartet auf den ersten Zug.
Die Tochter steigt schon ein. Während sie die Lippen gegeneinanderreibt, streichelt sie das schwarze Leder des Fahrersitzes. Die Mutter schiebt angesichts der morgendlichen Kälte die Kimono-Ärmel ineinander.
»Also wie, wollt Ihr die Kleine wieder mitnehmen? Heute morgen auf einmal heult sie mir was vor und Ihr beschimpft mich. Da war meine Anteilnahme wohl völlig umsonst. Gut, gut, ich bring sie nach Hause, bestimmt, und bis zum Frühjahr mag sie bleiben. Weil es mir leid täte, sie in der bevorstehenden kalten Zeit loszuschicken, werde ich mich solange gedulden. Aber wenn die nächste schöne Jahreszeit kommt, werde ich nicht mehr imstande sein, sie daheim zu behalten.«

Der erste Zug läßt für den Autobus drei Passagiere zurück.
Der Fahrer rückt das Kissen auf dem Fahrersitz zurecht. Die Tochter hat wie gebannt ihre Blicke auf die freundlichen Schultern unmittelbar vor sich gerichtet. Der Wind des Herbstmorgens weht an beiden Seiten dieser Schultern vorbei.
Ein Pferdeomnibus wird eingeholt. Er weicht an den Straßenrand aus.
»Dankeschön!«
Ein Gepäckkarren.
»Dankeschön!«

Ein Pferd.
»Dankeschön!«
»Dankeschön!«
»Dankeschön!«
Dankbar für die sechzig Kilometer Berge und Felder kehrt der Fahrer zurück in die Hafenstadt an der Südspitze der Halbinsel.
Heuer ist ein gutes Kaki-Jahr, in den Bergen hat man einen prächtigen Herbst.

Ein Doppelselbstmord aus Liebe

Von ihrem Mann – er war davongelaufen, weil er sie nicht mochte – kam ein Brief. Nachdem zwei Jahre vergangen waren und aus einer weit entfernten Gegend.

(Laß das Kind nicht mehr Ball spielen! Ich höre das Aufschlagen bis hierher. Es trifft mein Herz.)

Sie nahm der inzwischen neunjährigen Tochter den Gummiball weg.

Wieder kam ein Brief von ihrem Mann. Er war bei einem anderen Postamt aufgegeben als der Brief davor.

(Laß das Kind nicht mehr in Schuhen zur Schule gehen! Ich höre die Schritte bis hierher. Sie stampfen über mein Herz.)

Sie gab der Tochter statt der Schuhe weiche Filzsandalen. Das Mädchen weinte, es wollte so nicht zur Schule gehen.

Und wieder kam ein Brief von ihrem Mann. Er war einen Monat nach jenem zweiten eingesteckt, aber die Schrift wirkte auf einmal wie die eines Greises.

(Laß das Kind nicht mehr aus der Porzellanschale essen! Ich höre das Klirren bis hierher. Es bricht mir das Herz.)

Sie fütterte die Tochter wie eine Dreijährige mit ihren eigenen Stäbchen. Dabei erinnerte sie sich an die Zeit, da die Tochter wirklich drei Jahre alt und ihr Mann an ihrer Seite glücklich gewesen war. Die Kleine indessen ging eigensinnig an den Geschirrschrank und holte ihre Reisschale heraus. Rasch riß die Mutter sie ihr aus der Hand und schleuderte sie wütend gegen einen Gartenstein. Es klirrte, als bräche dem Mann das Herz. Dann auf einmal runzelte sie die Augenbrauen und schleuderte ihre eigene Reisschale hinterher. Wie denn, war das nicht das Geräusch, mit dem ihrem Mann das Herz brach? Sie stieß den Eßtisch in den Garten hinunter. Und dieses Geräusch? Sie warf sich gegen die Wand und bearbeitete sie mit den Fäusten. Sie flog wie eine Lanze gegen die doppeldicke Papierschiebetür, lag aber, ehe sie sich's versah, hinter der Tür auf dem Boden. Und dieses Geräusch?

»Mama, Mama, Mama!«

Der Tochter, die sich weinend an sie hängte, schlug sie klatschend ins Gesicht. Oh, so hör doch dieses Geräusch!

Wie ein Echo hierauf kam abermals ein Brief von ihrem Mann. Wieder war er in einer anderen, noch weiter entfernten Gegend aufgegeben.

(Unterlaßt, ihr beiden, absolut jedes Geräusch! Öffnet oder schließt keine Fenster und Türen mehr! Atmet nicht mehr! Sorgt dafür, ihr beiden, daß auch die Uhren im Haus keinen Laut mehr von sich geben!)

»Ihr beiden, ihr beiden, ihr beiden!« murmelte sie vor sich hin und ihr liefen die hellen Tränen über die Wangen. Dann war von ihnen beiden absolut kein Geräusch mehr zu hören. Gaben sie in alle Ewig-

keit keinen Laut mehr von sich. Mit anderen Worten, Mutter und Tochter waren tot.
Und merkwürdig, der Mann lag neben ihnen auf dem Kissen, und auch er war tot.

Das Gebet der Unschuldigen

»Hast du das gesehen?«

»Ja.«

»Und du?«

»Ich hab's gesehen.«

Indem sie einander immer dieselben Worte zuriefen, liefen die Dorfbewohner von den Feldern und Bergen her mit verstörten Gesichtern auf der Landstraße zusammen.

Daß sich so viele von ihnen, obwohl sie an den verschiedensten Stellen, die einen hier, die anderen da, gearbeitet hatten, im selben Augenblick und wie auf Verabredung in dieselbe Richtung umgedreht haben sollten, das allein schon war ganz ohne Frage seltsam genug. Zudem berichteten sie gleichermaßen, es hätte sie alle ein kalter Schauder gepackt.

Das Dorf liegt in einem runden Tal. In der Talmitte erhebt sich ein Hügel. Um den Hügel herum fließt der Fluß. Auf dem Hügel befindet sich der Begräbnisplatz des Dorfes.

Von diesem Hügel nun hätten, so heißt es, die Dorfbewohner einen Grabstein wie ein weißes Gespenst herunterrollen gesehen. Bei ein oder zwei Leuten würde man das als Augentäuschung lachend abtun; daß aber eine so große Menge gleichzeitig ein und demselben Trugbild zum Opfer fallen könnte, ist schwer zu glauben. Deshalb mischte

auch ich mich unter eine Gruppe lärmender Dorfbewohner, und wir machten uns auf, den Hügel zu inspizieren.
Zunächst suchten wir sorgfältig Fuß und Flanken des Hügels ab, doch ein Grabstein war nirgends herabgestürzt. Dann bestiegen wir den Hügel und kontrollierten jedes einzelne Grab, doch die Steine standen sämtlich vollzählig und friedlich an ihrem Platz. Wieder sahen die Dorfbewohner einander mit verstörten Gesichtern an.
»Du hast es gesehen, nicht wahr?«
»Aber ja.«
»Und du auch, oder?«
»Aber natürlich hab ich's gesehen!«
Und während sie einander immer dieselben Fragen stellten, liefen sie, als flüchteten sie vom Totenakker, den Hügel hinab. Und sie kamen wie folgt überein . . . Vermutlich sei dies ein Vorzeichen dafür, daß dem Dorf irgendetwas Schlimmes widerfahren werde. Möglicherweise handele es sich um einen Fluch der Götter oder der Dämonen oder der Toten. Um den Spuk zu vertreiben, sei eine Reinigungszeremonie vonnöten. Der Begräbnisplatz müsse gesäubert werden.
Man rief die Mädchen des Dorfes zusammen. Dann, vor Sonnenuntergang und indem sie sechzehn, siebzehn jungfräuliche Mädchen mit sich führten, zogen die Dorfbewohner auf den Hügel. Ich hatte mich ihnen selbstverständlich angeschlossen.
Die Mädchen stellten sich in der Mitte des Begräbnisplatzes in einer Reihe auf und ein weißhaariger Alter trat vor sie hin und sprach feierlich: »Ihr rei-

nen, unschuldigen Mädchen, lacht, daß euch die Bäuche platzen! Verlacht, was unser Dorf bedroht! Lacht, daß ihr es durch euer Lachen vertreibt!«

Der Alte übernahm den Vorsänger und lachte: »Wah-haha-haha – !«

Und die kräftigen Mädchen aus den Bergen lachten ihrerseits wie mit einer Stimme los.

»Ah-haha – !«

»Ah-haha – !«

»Ah-haha – !«

Ja, selbst ich ließ mich, von einem rauschhaften Fieber ergriffen, widerstandslos hinabreißen in die das Tal erschütternden Strudel des Lachens und stimmte mit ein.

»Wah-haha-haha –!«

Einer aus dem Dorf zündete das trockene Gras auf dem Totenacker an. Um die wie Dämonenzungen lodernden Flammen und indem sie die Hände auf ihre Bäuche preßten, tobten lachend und mit flatternd aufgelösten Haaren bald fallend, bald sich wälzend die Mädchen. Als die Tränen, die sie zu Anfang des Lachens gehabt, schließlich ausgetrocknet waren, begannen ihre Augen sonderbar zu leuchten. Stürme des Lachens, um Stürme verdoppelt: so wäre, schien es, Menschenkraft genug, die Erde zu zerstören. Wie die Bestien ihre weißen Zähne zeigend, taten die Mädchen ihre wilden Sprünge. Was für ein barbarischer, lästerlicher Tanz!

Die Herzen der um ihr Leben lachenden Dorfbewohner, sie waren jetzt hell wie am Himmel die Sonne, während ich auf einmal als einziger nicht nur aufgehört hatte zu lachen, sondern im gleichen

Augenblick auch schon vor einem von den Flammen des Grases erleuchteten Grabstein kniete.
»Ah, mein Gott – und da tu ich, als wäre ich wunder wie rein.«
Aber von dieser Stimme war in meinem Herzen nichts zu hören, so laut erscholl ringsum das Lachen. Und die Dorfbewohner würden, so kam mir vor, im Chore mit den unschuldigen Mädchen lachen, bis die Wogen des Lachens über dem Hügel zusammenschlügen.
»Wah-haha-haha – !«
»Ah-haha-haha – !«
»Wah-haha-haha – !«
»Ah-haha-haha – !«
Der Kamm, den eines der Mädchen verloren hatte, zerbrach unter stampfenden Füßen. Die Obi-Schärpe, die sich bei einem anderen gelöst hatte, wickelte sich um ein drittes Mädchen und brachte dieses zu Fall, während das Ende der Schärpe Feuer fing.

Morgens die Zehnägel

Ein armes Mädchen wohnte im oberen Stock eines ärmlichen Hauses zur Miete. Es wartete auf den Geliebten, daß sie endlich heirateten. Nacht für Nacht jedoch kamen andere Männer zu dem Mädchen. Es war ein Haus, in das keine Morgensonne schien. Oft stand das Mädchen in abgetragenen hölzernen Männersandalen an der hinteren Tür, um Wäsche zu waschen.

Nachts sagten die Männer, ausnahmslos der eine wie der andere: »Was denn? Du hast kein Moskitonetz?«

»Verzeiht mir! Ich werde aber die ganze Nacht über wach bleiben und mich, mit Eurer Erlaubnis, bemühen, die Mücken von Euch fernzuhalten.«

Ängstlich setzte das Mädchen ein Stück von dem grünen Mückentod-Räucherwerk in Brand. Starrte, nachdem es die elektrische Lampe gelöscht hatte, auf die kleine Weihrauchglut, dabei der eigenen Kinderzeit gedenkend und unentwegt den Rundfächer über dem Körper des Mannes hin und her bewegend.

Inzwischen war schon Frühherbst.

Da kam, was selten geschah, ein Greis in den ärmlichen oberen Stock heraufgestiegen.

»Spannst du denn das Moskitonetz nicht auf?«

»Verzeiht mir! Ich habe keins. Ich werde aber die ganze Nacht über wach bleiben und mich, mit Eurer Erlaubnis, bemühen, die Mücken von Euch fernzuhalten.«

»So? Na, dann warte ein wenig!«

Mit diesen Worten erhob sich der alte Mann, doch das Mädchen versuchte ihn zurückzuhalten.

»Ich werde Euch die Mücken bis zum Morgen fernhalten! Werde auch bestimmt nicht einschlafen!«

»Ich komm ja gleich wieder.«

Der alte Mann stieg die Treppe hinab und ging. Das Mädchen zündete das Räucherwerk an, ohne die elektrische Lampe zu löschen. Aber so bei hellem Lichte und allein war es ihm unmöglich, sich an die Kindheit zu erinnern.

Nach ungefähr einer Stunde kehrte der Greis zurück. Das Mädchen sprang auf.

»Oh, zum Glück sind Aufhänger dran!«

Damit hängte der alte Mann ein fabrikneues Moskitonetz in dem ärmlichen Zimmer auf. Das Mädchen schlüpfte darunter, und während es, den Saum des Netzes ausbreitend, hin und her lief, begann, von dem erfrischenden Gefühl des Netzes auf der Haut, sein Herz rascher zu schlagen.

»Ich wußte, Ihr kommt zurück, deshalb habe ich bei brennender Lampe gewartet. Ich möchte in dieser Helle das noch hellere weiße Moskitonetz betrachten.«

Aber wie seit Monaten nicht mehr fiel das Mädchen in einen tiefen Schlaf. Es merkte nicht einmal, daß der Greis am Morgen nach Hause ging.

»He, he du!«

Es erwachte von der Stimme des Geliebten.

»Morgen können wir endlich heiraten! . . . Hm, ein

schönes Moskitonetz. Da fühlt man sich ja schon ausgeruht, wenn man's bloß anschaut.«

Gleich darauf hob er das Netz von sämtlichen Haken. Zog dann das Mädchen darunter hervor und beförderte es auf das Netz.

»Nimm Platz! Da sitzt du wie auf einer weißen Lotosblüte. Dieses ganze Zimmer wird davon so rein wie du selber.«

Von der Berührung mit dem frischen Hanfgarn kam sich das Mädchen vor wie eine weiße Braut.

»Ich muß mir die Nägel schneiden.«

Auf dem weißen Moskitonetz hockend, das das ganze Zimmer ausfüllte, begann das Mädchen in aller Unschuld seine vergessenen langen Zehnägel zu kürzen.

Die Pferdeschöne

»Niemand in der Welt ist so großmütig wie ich. Habe ich doch meinen Mann einer anderen überlassen«, sagte die Mutter, und während sie ihre Tonne von Bauch hin und her schwang, lachte sie wie der blaue Himmel. »Haha-haha-ha –!« Aber selbst wenn sie hätte traurig sein wollen, dieser Bauch erlaubte es nicht. In ihm drängten sich zahllose leuchtende Luftballons, wovon ihr das Herz leicht werden mußte.

»Niemand in der Welt ist so großmütig wie ich«, sagte vermutlich auch der Vater. »Habe ich doch Tochter, Pferd und Haus meiner Frau überlassen.« Er wohnte seitdem zusammen mit seiner Kebse am Ende des Dorfes in einer kleinen Hütte.

Das Haus der Mutter stand erhöht über den Feldern. Auf seiner Rückseite ließ ein Bambuswald das Licht der Sonne in Kräuselwellen tanzen, die an der Dachtraufe reihenweise hängenden Maiskolben zündeten dem altersschwarzen Gebäude Laternen an, im Garten blühten die Cosmeen. Ein weißer Hahn schlug in dem Cosmeenbeet seine Flügel und dünnte so das Dickicht der schwachen Stengel aus.

Über diesen Blüten jedoch, die eher Kunstblumen glichen, streckte ein Pferd träge den Kopf aus dem Stall. Wirklich hatte das Oberhaupt der Familie auch das Pferd dagelassen. Das Haus besaß also

ein Pferd. Weshalb die jungen Burschen aus dem Dorf die Tochter dieses Hauses die »Pferdeschöne« nannten. Die Babijin.
Mit sechzehn hatte es die Babijin zum ersten Mal mit einem Mann gehabt.
In dem Dorf gab es lediglich zwei Augen, aus denen es Blitze schoß. Beide gehörten sie der Babijin. Beide waren sie tiefschwarz. Dazu hatte die Babijin eine Stimme, beherzt wie die eines Mannes und rauh wie aus der verwüsteten Kehle eines Sumō-Ringers. Überhaupt wurde die Babijin mit den Jahren immer männlicher. Offensichtlich war es bei ihr jedoch so, daß sie sich, je männlicher sie schien, in Wirklichkeit desto deutlicher zu einer Frau entwickelte. Man merkte es an der Unruhe unter den Burschen aus dem Dorf.
An einem Morgen im Mai ging die Babijin mit ihrer Mutter hinaus zu dem unter Wasser gesetzten Reisfeld. Die Mutter packte den vom Pferd gezogenen Pflug bei den Griffen und ging los. Sie schwebte aber gleichsam nur leichten Herzens dahin, war jedenfalls nicht imstande, den Pflug tief genug in den Boden zu pressen. Sowie die Tochter das sah, sprang sie wie eine wild gewordene Stute in das Feld, daß das schlammige Wasser hoch bis an ihre Hüften spritzte. »Du bist wohl nicht gescheit?!« schrie sie und schlug ihre Mutter mit der flachen Hand ins Gesicht. »Was soll das? Du mußt nicht das Wasser streicheln, die Erde mußt du aufreißen, mußt sie umbrechen. Die Erde!«
Die Mutter war sich die Wange reibend stehengeblieben, und als sie taumelnd weiterging, weil ihre rechte Hand von dem sich unnachsichtig fort-

bewegenden Pflug mitgerissen wurde, schwang sie zwar wieder ihren dicken Bauch hin und her, doch tat sie dies mit einem noch traurigeren Lachen als damals nach dem Weggang ihres Mannes, und zu den Dörflern auf den benachbarten Feldern meinte sie: »Obwohl unsere Tochter nicht nur einen Bräutigam hat, bring ich es, da ich allein bin, nicht fertig, sie zu verheiraten.«

In einem solchen Falle, so heißt es, sucht die Mutter den Vater auf. Dieser jedoch hatte inzwischen seiner drückenden Schulden wegen das ihr überlassene Pferd und Haus an andere Leute verkauft. Hatte sich auch von seiner Kebse getrennt.

... Vom Mondschein war das Haus über den Feldern mit lang hallendem Echo in eine fahl schimmernde Tiefe hinabgesunken. Auf dem dicken Bauch der Mutter, dem jetzt sanft erschlafften, ritt der Traum von der Hütte ihres Mannes, wohin sie sich anderntags begeben würde. Da erhob sich plötzlich die neben ihr liegende Babijin. Verächtlich spuckte sie der Mutter auf den Bauch.

Hierauf sprang sie im Stall behende auf das ungesattelte Pferd, ritt die Cosmeenblüten unter die Hufe und galoppierte dann, den Mondschein beiseite donnernd, wie ein schwarzer Meteor spornstreichs die weiße Straße dahin, immer auf den Berg im Süden zu ...

Sagte einer der Dorfbewohner: »Sie soll in der Hafenstadt das Pferd verkauft haben und mit dem Schiff zu einem Mann gereist sein.«

Sagte die Mutter: »Die Tochter war mein Gebieter, aber schließlich ist auch sie einem Mann hinterhergelaufen.«

Sagte der Vater: »Das Schlimme war, daß man ihr den Spitznamen Babijin, die Pferdeschöne, angehängt hatte. Deshalb stieg sie auf das von mir inzwischen verkaufte Pferd und ist mit ihm durchgebrannt.«
Sagte einer der jungen Burschen: »Ich hab sie gesehen. Mitsamt dem Pferd flog die Babijin vom Gipfel des Berges aus wie ein Pfeil in Richtung auf den Mond am Himmel.«

Göttliche Knochenasche

Kasahara Seiichi, geschäftsführender Direktor einer Gesellschaft elektrisch betriebener Vorortbahnen, Takamura, Tokijūrō, Schauspieler in historischen Samurai-Filmen, Tsujii Morio, Medizinstudent an der privaten P...-Universität, sowie Sakuma Benji, Besitzer eines Kanton-Speiserestaurants – sie alle erhielten denselben, gleichlautenden Brief von der Kellnerin Yumiko aus dem Café Grüner Reiher.

Hier sende ich Ihnen seine Knochenasche. Es ist göttliche Asche! Das Baby hat anderthalb Tage gelebt. Vom Augenblick der Geburt an hat es ihm an Kraft gemangelt; undeutlich sah ich, wie die Schwester es bei den Füßen nahm und so, den Kopf nach unten, schüttelte. Wobei es endlich doch zu schreien anfing. Gestern mittag nun, sagen sie, habe es noch zweimal gegähnt und sei dann gestorben. Wie auch immer, das Baby im Bett daneben, es war freilich ein Siebenmonatskind, kam nur aus dem Bauch heraus, ließ auf der Stelle ein rauschendes Wässerchen laufen und schon war's vorbei mit ihm.
Mein Baby ähnelte niemandem. Selbst mir glich es kein bißchen. Es sah aus wie eine schöne Puppe. Stellen Sie sich bitte das niedlichste Babygesicht der Welt vor! Es hatte weder besondere Merkmale

noch war es mit irgendwelchen Fehlern behaftet, außer an die prallen Pausbäckchen und an die dünnen, im Tod ein wenig blutunterlaufenen geschlossenen Lippen kann ich mich an nichts erinnern. Ja, auch die Schwestern priesen es und sagten, es sei ein wunderhübsches, hellhäutiges Kind gewesen. Daß es, dieses von Geburt an schwache, ohnehin unglückliche Wesen, gestorben ist, noch bevor es zum erstenmal von meiner Brust getrunken und gelacht hat, scheint mir zwar das beste, andererseits habe ich geweint, weil mir das ohne jede Ähnlichkeit mit irgendjemandem geborene Baby leid tat. War es nicht in diese Welt gekommen, bänglich besorgt in seiner Kinderseele, nein, auch schon in seinem Fötusherzen, daß es nur ja keinem ähnlich sähe? Und ist es nicht in der Überzeugung aus dieser Welt gegangen, es müsse sterben, ehe sein Gesicht demjenigen einer bestimmten Person ähnlich werde?

Anfangs ging Ihnen – deutlicher gesagt: ging Ihnen allen, meine Herren – jegliches Interesse daran ab; ob ich mit hundert oder mit tausend Männern schlief, das ließ Sie so gleichgültig wie die Zahl der Holzpflasterblöcke in den Straßen der Stadt. Aber dann, als ich schwanger wurde – was für eine Aufregung plötzlich! Da kamen Sie alle, wie Sie waren, anmarschiert mit Ihren großen Herrenmikroskopen, um die Geheimnisse einer Frau unter die Lupe zu nehmen . . .

Abt Hakuin soll einmal – freilich ist das schon lange her – das Baby eines liederlichen Mädchens einfach auf den Arm genommen und gesagt haben: »Das ist mein Kind!« Genauso hat Gott mein Baby

gerettet. Als es noch in meinem Bauch verzweifelt überlegte, wem es wohl ähneln könnte, sprach Gott zu ihm: »Mir wirst du gleichen, liebes Kind, und geboren werden in göttlicher Gestalt. Du, der Menschen Sohn.«
Deshalb und aus Rücksicht auf die Sorgen, die sich das arme Kind gemacht hat, kann ich unmöglich sagen, wem von Ihnen es meiner Meinung nach hätte ähneln sollen. Deshalb schicke ich jedem von Ihnen einen Teil seiner Knochenasche.

Der geschäftsführende Direktor schob das kleine weiße Papierpäckchen rasch in seine Tasche, unterwegs im Taxi öffnete er es vorsichtig und warf einen Blick hinein. In der Firma rief er die schöne Stenotypistin zu sich, und da er sich jetzt eine Zigarette anstecken wollte, holte er die Schachtel »Happy Hit« aus der Tasche – zusammen mit der Knochenasche. Der Restaurantbesitzer sog für einen Augenblick den Aschengeruch ein, schloß den Safe auf und tauschte das weiße Papiersäckchen gegen die Einnahmen von gestern, die er zur Bank bringen ließ. Der Medizinstudent bekam in der elektrischen Staatsbahn bei einer plötzlichen Bremsung von der festen, weißfliedernen Hüfte einer Gymnasiastin einen solchen Stoß, daß davon die Knochenasche des Babys in seiner Hosentasche völlig zerkrümelte und er von dem heftigen Verlangen gepackt wurde, diese Schülerin zur Frau zu nehmen. Der Filmschauspieler versteckte die Asche in einem geheimen Beutel, in dem sich Fischhäutchen und Aphrodisiaka befanden, und eilte zu den Dreharbeiten.

Einen Monat später erschien Kasahara Seiichi im Grünen Reiher und sagte zu Yumiko: »Die Knochenasche gehört, denke ich, in einem Tempel zur Ruhe gebettet. Wozu willst du sie eigentlich behalten?«

»Wieso ich? Ich hab sie ja unter Sie alle aufgeteilt. Also kann ich keine mehr bei mir haben.«

Mutters Auge

In dem Thermalbad-Gasthof in den Bergen kam mit ängstlichem Gesicht das Dreijährige der Wirtin in mein Zimmer gehuscht. Kaum hatte es sich vom Schreibtisch den Bleistift in dem silbernen Halter gegrapscht, rannte es, ohne ein Wort, wieder davon.

Nach einer Weile erschien die Hausmamsell. »Gehört dem Herrn vielleicht dieser Bleistift?«

»Ja, schon. Nur hab ich ihn vorhin dem Kleinen der Wirtin geschenkt.«

»Jedenfalls hat ihn das Kindermädchen gehabt.«

»Dann sollte man ihn dem Kleinen zurückgeben; offenbar hat das Mädchen ihm den Stift weggenommen.«

Die Mamsell lächelte. Auf meine näheren Fragen hieß es, man habe den Bleistift ganz unten in dem Reisekorb des Hausmädchens gefunden. Der Reisekorb sei voll gewesen mit gestohlenen Sachen: dem Visitenkartentäschchen eines Gastes, einem langen Unterkleid der Wirtin, dem Buchsbaumkamm mitsamt allem Haarknotenschmuck des Zimmermädchens, unter anderem auch fünf oder sechs Geldscheinen.

Einen halben Monat später fing die Hausmamsell abermals davon an: »Etwas so Ärgerliches hat es hier noch nie gegeben. Diesem Mädchen fehlt einfach jede Scham . . .«

Offensichtlich war es mit der Kleptomanie des Kindermädchens seither nur noch schlimmer geworden. Da das Mädchen im Dorf im Kimono-Laden in einem fort und gegen Bargeld die aufwendigsten Stoffe kaufte, hatte der Eigentümer des Ladens insgeheim den Gasthof verständigt. Woraufhin die Hausmamsell von der Wirtin gebeten worden war, das Kindermädchen auszuforschen.
»Wenn es ihr so sehr darum zu tun ist, kann ich ja selber zur Wirtin gehen und ihr frei heraus alles erzählen«, habe das Kindermädchen erklärt und sei abrupt aufgestanden.
»Sie tat, als wollte sie sagen: ihr glaubt doch nicht etwa, daß ich vor Dienerinnen, wie ihr es seid, ein Geständnis ablege.«
Da habe dann, so der Bericht der Mamsell, das Kindermädchen vor der Wirtin gesessen, den Kopf mit der unschuldigsten Bewegung leicht zur Seite geneigt, und die Diebstähle einen um den anderen, wie sie sich daran erinnerte, in allen Einzelheiten geschildert. An Geld hatte sie im Büro und von den Gästen zusammen rund hundertfünfzig Yen gestohlen.
»Sie habe sich selber drei, vier Kimonos und Haori-Überwürfe genäht, das übrige aber, so behauptete sie, dazu verwendet, ihre Mutter in ein Taxi zu setzen und ins Krankenhaus zu schicken.
Als der Geschäftsführer sie ihren Eltern zurückbrachte, soll sie von diesen, vom Vater wie von der Mutter, ohne besonderes Gezeter aufgenommen worden sein.
Bald nachdem das schöne Kindermädchen verschwunden war, reiste ich ab. Hinter dem Pfer-

deomnibus, in dem ich saß, kam ein Automobil in einem Tempo dahergerast, als schlüge es sich durch das grüne Gehölz. Der Pferdeomnibus wich zur Seite aus. Da hielt, genau neben ihm, das Automobil, dem, prächtig gekleidet, das Kindermädchen entstieg, und indem es herüber zu unserem Omnibus lief, rief es mir fröhlich zu: »Ah, was bin ich glücklich! Daß ich Sie getroffen habe! Meine Mutter fährt in die Stadt zum Arzt. Die Ärmste wird wohl auf dem einen Auge blind werden. Wie wär's, wollen Sie nicht mit uns im Taxi fahren? Ich bringe Sie bis zum Bahnhof. Oh ja, nicht wahr?«

Ich sprang aus dem Pferdeomnibus. Welche helle Freude ging da über das Gesicht des Kindermädchens!

Im Fenster des Taxis war, ein Streifen Weiß, die Binde zu sehen, die das Auge der Mutter bedeckte.

Die arme Geliebte

Ihr einziger Luxus war, daß sie sich mit Zitrone pflegte. Ihre Haut besaß dadurch eine Helle und Glätte, die dem frischen Duft entsprach. Sie zerschnitt die Zitrone in vier Teile, aus einem Teil preßte sie sich eine Tagesportion Schönheitswasser. Die übrigen drei Teile bedeckte sie an den Schnittflächen mit dünnem Papier und bewahrte sie sorgsam auf. Ohne das Erschauern der Haut unter dem sanften Stimulans des Zitronensafts wäre sie unfähig gewesen, den Morgen wirklich zu empfinden. Von den Blicken des Mannes unbemerkt, rieb sie sich Brüste und Schenkel mit dem Saft ein ... Und als sie sich küßten, sagte der Mann: »Zitrone! Oh, du bist das Mädchen, das den Zitronenfluß durchschwommen hat ... Nur, weißt du, nachdem ich Zitrone geschmeckt habe, bekomme ich Lust auf eine Navel.«
»Wie du willst.« Sie nahm ein Fünf-Sen-Nickelstück und kaufte ihm eine kleine Navelorange. So war es, mußte sie einsehen, vorbei mit der Wonne, nach dem Bad die Zitrone auf ihrer Haut zu spüren. Außer einer Nickelmünze und dem Zitronenduft hatten sie nichts im Hause. Da häufte der Mann als Ersatz für einen Tisch alte Zeitschriften aufeinander und begann ein unverkäufliches, zudem wahnsinnig langes Theaterstück zu schreiben.

«In dieses Stück, weißt du, schreibe ich eigens dir zuliebe eine Szene hinein, die in einem Zitronenhain spielt. Ich hab zwar noch nie einen Zitronenhain gesehen, aber einmal war ich in einer Gegend in Kii, die bunt war von Bergen voller Mandarinenbäume. Im Herbst bei Vollmond fahren die Leute aus Ōsaka dorthin, um sich das anzuschauen: Überall, bald hier, bald da, schweben wie die Laternen der Fuchsgeister die Mandarinen an den Zweigen – ein Lichtermeer wie im Traum. Und die Zitronen sind mit ihrem Gelb ja noch heller als die Mandarinen! Glühen noch heißer! Wenn sich das auf der Bühne darstellen ließe – «

»Ja, wenn.«

»So richtig gefällt es dir nicht, oder? . . . Zugegeben, ich mache kaum den Eindruck, daß ich solch ein heiteres, südländisches Stück schreiben könnte. Solange ich jedenfalls nicht bekannter bin und eine Karriere vorzuweisen habe.«

»Warum müssen eigentlich alle Menschen unbedingt Karriere machen?«

»Das braucht man zum Leben, deshalb. Mit meiner Karriere sieht's freilich im Augenblick ziemlich hoffnungslos aus.«

»Eine Karriere ist nicht nötig. Sie hilft zu gar nichts.«

»Oho, in diesem Punkt bist du ja geradezu modern! Die heutigen Studenten zum Beispiel schwanken tatsächlich, ob sie das Fundament, auf dem sie stehen, verabscheuen sollen oder nicht. Zerstören müssen sie es, und sie wissen, daß es zerfallen wird. Wer jedoch etwas werden will, dem bleibt nichts anderes übrig, als von diesem Fundament aus, von dem er weiß, daß es nicht hält, die Leiter zu erklimmen. Und mit jedem Schritt höher wird es riskanter. Obwohl er davon überzeugt ist, steigt er, gezwungen von seiner Umgebung und natürlich von sich selber auch, weiter die Leiter hinauf. Ja, inzwischen gilt Karrieremachen schon als gewissenlos. Eine Tendenz unserer Zeit. Ich, arm und bedrückt, wie ich bin, gehöre eben zu den altmodischen Kerlen. Arm und dabei heiter wie eine Zitrone muß man sein, das ist modern – oder was sonst?«

»Aber ich bin doch nur die arme Geliebte. Euch Männern, euch geht es um die Karriere, um irgendeine Karriere; du denkst an nichts anderes. Aber wir Frauen . . . Von Frauen gibt es lediglich zwei Arten. Da gibt es die arme Geliebte, und es gibt die reiche Geliebte.«

»Übertreib mal nicht!«

»Auf jeden Fall, das weiß ich, machst du Karriere. Soviel steht fest. Meine Augen, die die Männer beurteilen, sind wie die der Schicksalsgottheit; sie irren sich nie. Natürlich wirst du Karriere machen.«

»Um dich dann sitzenzulassen?«

»Bestimmt sogar.«

»Deshalb möchtest du meine Karriere unbedingt aufhalten, nicht wahr?«

»O nein. Ich hab mich noch immer über jeden gefreut, der Karriere machte. Mir scheint, ich bin so etwas wie das Vogelnest, in dem die Karrieren ausgebrütet werden.«

»Laß endlich das Gerede! An deine früheren Männer erinnert zu werden, ist kein schönes Gefühl. Es reicht schon, daß du dich mit diesem Zitronenwasser so vornehm hast.«

»Na, höre! Eine Zitrone kostet, sagen wir, zehn Sen, und das durch vier geteilt, sind zwei Sen fünf Rin für das Viertel. Also gerade fünfundzwanzig Rin pro Tag!«

»Soll ich dir vielleicht, wenn du tot bist, einen Zitronenbaum aufs Grab pflanzen?«

»Warum nicht? Oft male ich mir aus: ich bin gestorben, und zu meinem Grab, auf dem kein Stein steht, sondern nur ein armseliges Totenbrett, kommen lauter vornehme Herren gepilgert, die in ihren Cutaways den Automobilen entsteigen . . .«

»Nein, keine Geschichten von großen Männern mehr! Fort mit den Karrieregespenstern!«

»Aber du selber bist doch gerade dabei, Karriere zu machen!«

Es kam, wie sie sagte; ihr Glaube an eine Vorbestimmtheit schien durch nichts zu erschüttern. Wirklich besaßen ihre Augen in der Beurteilung der Männer dieselbe Unfehlbarkeit wie die der Schicksalsgottheit. Daher war sie auch nie in die Lage gekommen, es mit einem Liebhaber zu versuchen, der kein Talent für eine Karriere gehabt hätte. Der ältere Vetter, ihr erster Liebhaber, war der Verlobte einer anderen, reichen Cousine gewesen. Nachdem er das reiche Fräulein verlassen hatte, lebte sie mit ihm im Obergeschoß eines Logierhauses ein Leben, das so ärmlich war wie ein abgetragener Baumwoll-Yukata. In dem Jahr, in dem er das Abschlußexamen an der Universität bestanden hatte, kam er als Drittbester durch die Diplomatenprüfung und ging nach Rom an die

Botschaft. Der Vater der reichen Cousine kam zu ihr in das Logierhaus und beugte bittend den Kopf. Da gab sie den Vetter frei. Ihr zweiter Liebhaber, ein armer Medizinstudent, versetzte sie und heiratete das Kapital für eine Klinik. Ihr dritter Liebhaber, ein armer Radiohändler, erklärte schließlich, der Form ihrer Ohren wegen nehme das Geld Reißaus, und verlegte seinen Laden aus der Hintergasse nach vorn an die Hauptstraße. Dort befand sich das Haus seiner Nebenfrau. Sie selber ließ er, zusammen mit seinen armen Jahren, in der Hintergasse zurück. Ihr vierter Liebhaber ... Ihr fünfter Liebhaber ...

Der arme Dramatiker, der jetzt ihr Liebhaber war, schrieb, während radikale Sozialwissenschaftler bei ihm ein und aus gingen, sein langes Theaterstück glücklich zu Ende. Wie er ihr versprochen hatte, schilderte er darin auch einen Zitronenhain. In der realen Gesellschaft freilich hatte er nirgends einen Wald mit leuchtenden Zitronen entdecken können. Der Zitronenhain bildete den Epilog. Ein Nachspiel, in dem nach erfolgter Zerschlagung des von ihm früher erwähnten Fundaments Mann und Frau in einer Idealwelt miteinander redeten – das war der Zitronenhain. Durch dieses Stück jedoch verliebte sich der Dramatiker in die Starschauspielerin einer Truppe des Modernen Theaters, und abermals zog sich, wie gehabt, die Frau mit der Zitrone zurück. Entsprechend ihrer Voraussage machte nun auch er Karriere. Stieg er die Leiter hinauf.

Ihr nächster Liebhaber war ein Arbeiter mit einer männlich lautstarken Stimme, der gelegentlich im

Haus des Dramatikers aufgetaucht war. Indessen – und wirklich mußte man sich darüber verwundern – schien der ihr von den Göttern verliehene Sinn für die Beurteilung der Männer stumpf geworden zu sein. Dieser Mann nämlich machte keine Karriere. Im Gegenteil verlor er als Agitator noch seine Stellung. Und sie verlor schließlich ihr Urteilsvermögen ganz. Es war dies der Sinn ihres Lebens gewesen. Nun ging es mit ihr zu Ende. Hatte das Karrieremachen sie zuletzt erschöpft? Oder war sie – in tieferem Sinne – in einem Irrtum befangen gewesen?

Am Tag der Totenfeier für sie erlebte das Theaterstück des Dramatikers seine glänzende Uraufführung. Die neue Geliebte verkörperte die Hauptrolle, und auf einmal hatte er das Gefühl, als ahmte sie mit ihrem Text die Sprechweise der Zitronen-Geliebten nach. Sowie das Stück mit rauschendem Erfolg geendet hatte, packte er sämtliche Zitronen, die im Epilog auf der Bühne benutzt worden waren, in ein Taxi und eilte zum Grab der armen Geliebten. Aber da brannten vor ihrem Totenbrett, von wer weiß wem arrangiert, die zitronenhellen geweihten Lichter in einer solchen Fülle, als hätte man alle Monde der dreizehnten Nächte aufeinandergehäuft.

»Also hat es doch auch hier einen Zitronenhain gegeben.«

Der Hahn und die Tänzerin

Mit einem Hahn unterm Arm herumzulaufen, und wäre es noch so spät in der Nacht gewesen, fand die Tänzerin natürlich nicht sehr angenehm.
Die Tänzerin hielt selber keine Hühner.
Das tat ihre Mutter.
Wenn sie erst eine große Tänzerin wäre, würde, dachte sie, auch ihre Mutter keine Hühner mehr halten.

»Wer? Na, die sind oben auf dem Dach und machen Gymnastik, nackt.«
Die Mutter war entsetzt.
»Nicht allein oder zu zweit. Alle vierzig, fünfzig zusammen, wie in der Mädchenschule beim Turnen. Habe ich nackt gesagt? Na, mit bloßen Beinen eben.«
Über das flache Betondach ergoß sich die Helle des Frühlings. Die Tänzerinnen spürten, daß ihre Arme und Beine zu wachsen begannen wie der junge Bambus.
»Sogar in den Volksschulen wird heute nicht mehr auf dem Erdboden geturnt.«

Die Mutter der Tänzerin kam, um sie an der Tür der Garderobe abzuholen.
»In der Nacht hat der Hahn gekräht. Vielleicht ist dir, hab ich gedacht, irgendetwas zugestoßen.«

Die Mutter wartete draußen, bis die Bühnenprobe zu Ende war.
»Von morgen an tanze ich nackt vor dem Publikum.«
So hatte sie noch nie gesprochen, und wie geistesabwesend fuhr sie fort:
»Komische Menschen gibt es, das ist wahr. Da, wo du gewartet hast, liegt gleich nebenan das Garderobenbad. Eine geschlagene Stunde lang, sagen sie, soll ein Mann reglos dort gestanden und geschaut haben. Obwohl auf dem hohen Rippelglasfenster noch nicht mal die Schatten zu erkennen sind. Und die Tropfen vom Dampf die Scheibe hinunterlaufen. Mehr als die, meine ich, kann er nicht gesehen haben.«
»Deshalb, weißt du, muß der Hahn in der Nacht gekräht haben.«

Einen Hahn, der nachts kräht, setzt man, so will es der Brauch, bei der Kannon in Asakusa aus.
Auf diese Weise entgehe man dem Unheil. Heißt es.
All die unter den Tauben am Kannon-Tempel lebenden Hähne wären demnach ihren Besitzern solchermaßen getreue Propheten gewesen.
Am nächsten Abend kehrte die Tänzerin kurz nach Hause zurück, um dann sogleich von Honjo her über die Kototoi-Brücke nach Asakusa zu gehen. Unterm Arm, in ein Furoshiki-Tuch eingewickelt, den Hahn.
Vor dem Kannon-Tempel knotete sie das Tuch auf, und sobald der Hahn die Erde berührte, lief er, kräftig die Flügel schlagend, irgendwohin davon.

»So ein Hahn ist wirklich ein Dummkopf.«
Vielleicht hat er sich in der Nähe in die Schatten verkrochen, dachte sie, denn er tat ihr leid; aber wie sehr sie auch suchte, sie fand ihn nicht.
Sie erinnerte sich, daß man ihr gesagt hatte, sie solle beten.
»Bist du, ehrwürdige Kannon, früher nicht auch Tänzerin gewesen?«
Mit einem Ruck senkte sie den Kopf. Als sie danach wieder aufblickte, erschrak sie.
Auf den oberen Ästen der Gingko-Bäume hockten vier, fünf Hähne und schliefen.

»Wie mag es dem Hahn ergangen sein?«
Auf dem Weg zum Theater hielt die Tänzerin vor dem Kannon-Tempel inne.
Plötzlich, sie wußte nicht woher, kam der Hahn aus der vorigen Nacht auf sie zu.
Sie errötete und nahm Reißaus. Der Hahn begann hinter ihr herzurennen.
Mit offenen Mäulern starrten die Leute im Park der von dem Hahn verfolgten Tänzerin nach.

Inmitten der vielen Menschen verwilderte der Hahn von Tag zu Tag mehr.
Bald konnte er ordentlich fliegen. Seine Flügel waren staubbedeckt, weiß waren sie geworden, und mit der gewitzten Sorglosigkeit, wie sie die Gassenjungen von Asakusa besitzen, pickte er zusammen mit den Tauben die Erbsen auf oder er saß stolzgeschwellt auf dem Opfergeldkasten.
Die Tänzerin aber machte keinen Versuch mehr, am Kannon-Tempel vorbeizugehen.

Und wäre sie vorbeigegangen – der Hahn hatte sie längst vergessen.

Zuhause bei der Tänzerin wurden zwanzig oder mehr Küken ausgebrütet.
Nun mögen Küken nachts zwar piepsen, ein böses Omen jedoch ist das wohl kaum.
»Selbst unter Menschen, weißt du, ist es ganz normal, wenn die Kinder nachts weinen.«
»Ja, wirklich; nur wenn es Erwachsene tun, finden wir es komisch.«
Die Tänzerin sagte dies ohne viel Überlegung, dennoch war ihr, als spürte sie auch daraus so etwas wie eine Bedeutung.
Sie ging gern mit Jungen aus dem Gymnasium spazieren.
Tänzerinnen, die nicht allzu großartig sind, gehen offenbar meist mit Gymnasiasten aus.
Sowie sie heimkam, hieß es: »Was ist bloß los? Wieder hat ein Hahn in der Nacht gekräht. Du solltest vor der Kannon beten!«
Die Tänzerin überlief es kalt, doch sie lächelte.
»Wenn zwanzig Küken ausgekrochen sind, bedeutet das jedenfalls, daß ich gefahrlos mit zwanzig Männern gehen könnte. Genug für ein ganzes Leben.«

Da freilich irrte die Tänzerin. Die Prophezeiung des Hahns bezog sich nicht auf die Gymnasiasten.
Als sie jetzt abermals in einem Furoshiki-Bündel unterm Arm einen Hahn davontrug, heftete sich ein seltsamer Mann an ihre Fersen.

Größer indessen als ihre Furcht war das Gefühl, sich des Hahns wegen schämen zu müssen. Und wie sie so zauderte ... Ja, sagen Sie's schon laut heraus!
Eine Tänzerin, die einen Hahn mit sich herumschleppt – das macht allerdings einen verdächtigen Eindruck.
Der Mann wahrscheinlich hielt es für eine gute Gelegenheit.
»He, Schwesterchen, hättest du nicht Lust, gemeinsam mit mir ein hübsch einträgliches Geschäft zu betreiben? Ich such nämlich, weißt du, in dem Theater, in dem du tanzt, jeden Tag die Müllkästen durch. Nein nein, ich bin kein Schnorrer. Aber unter dem weggeworfenen Papierkram gibt's massig Liebesbriefe an die Tänzerinnen ...«
»Du meine Güte!«
»Kapiert? Na, mit Hilfe dieser Fetzen kann ich bei den doofen Männern, die sie geschrieben haben, einiges rausquetschen. Und wenn eine aus der Garderobe mit mir zusammenarbeitet, klappt das um so besser.«
Die Tänzerin versuchte davonzulaufen.
Der Mann bekam sie zu fassen.
Sie, ohne viel zu überlegen, wollte ihm mit der rechten Hand ins Gesicht fahren. Aber in der Rechten hatte sie ja den Hahn ...
Der mitsamt dem Furoshiki-Tuch dem Mann ins Gesicht gestoßene Hahn schlug wild mit den Flügeln um sich ... Wer könnte das ertragen?
Entsetzt sprang der Mann zur Seite.
Denn daß es sich um einen Hahn handelte, begriff er nicht.

Am Morgen darauf, als die Tänzerin am Kannon-Tempel vorbeigehen wollte, war da – es ist kaum zu glauben – der Hahn aus der letzten Nacht richtig zur Stelle und sogleich kam er auf sie zugerannt. Sie lachte glucksend, doch nahm sie diesmal nicht überstürzt Reißaus, sondern schlenderte gelassen weiter.

Beim Eintritt in die Garderobe sagte sie: »Wir alle sollten künftig vorsichtiger mit unseren Briefen umgehen und sie nicht mehr in die Papierkörbe werfen. Wir sollten auch allen anderen in den Garderoben hier im Park empfehlen, es ebenso zu halten. Um die öffentliche Moral zu schützen.«

Wirklich wird sie auf diese Weise schon bald zu einer großen Tänzerin werden.

Puder und Benzin

1.

Von der Bühne her der Geruch des Puders: abwärts regnend auf die Gesichter der Zuschauer ganz vorn, die wie Geckos an der Rampe kleben.
Nein, es ist nicht allein der Geruch. Von fünfzig Tänzerinnen wehen die Blütenpollen ihrer bloßen Körper herab. Der in den Lichtbahnen der Spotlights in Schwaden fliegende Staub scheint in Wahrheit der Puder zu sein.
Harukichi, den Blick hinauf auf die Hüften der Tänzerinnen gerichtet, wird allmählich von der Nase bis hinein in die Lungen vom Puder eingestaubt. Um genauer zu sein: zwischen den weißen Puderwänden enthalten seine Lungen ein hellblaues Benzingemisch.
Er ist der junge Ersatzfahrer eines Ein-Yen-Taxis. Aber sein Taxi kreist nicht ständig durch die Straßen. Ein so prächtiger Wagen, daß die Leute ihn unterwegs heranwinken würden, ist es nicht. Weshalb das Taxi häufig vor dem Kinopalast steht, in dem diese Revue abläuft.
Eintausendzweihundert Plätze hat das Haus. Von den eintausendzweihundert Besuchern bekommen jedoch nur die Geckos vorn in der ersten Reihe den Pudergeruch mit.
»Sowas gibt's nicht oft«, denkt Harukichi.
Und weil es das nicht oft gibt, hat der junge Mann

an dem, was in Hülle und Fülle vorhanden ist, alles Interesse verloren.

2.

Hauptkundschaft für Harukichis Taxi sind die Artisten und Künstler von Asakusa: sie müssen hingebracht und abgeholt werden. Die Kinoerzähler, Manzai-Komiker, Balladensänger, Flötenspieler – lauter gute Bekannte, denen man natürlich nicht einmal den Reklamepreis von einem Yen abverlangt.

Im Asakusa-Park laufen einige solche Taxis.

Der Manzai-Meister pflegt auf der Bühne aus einer großen Geldbörse ein Handtuch hervorzuziehen und es dem Publikum vor Augen zu halten. Um dann zu konstatieren, daß sich in einer anderen, kleineren Börse kein Handtuch befindet.

»He, das tut mir aber leid!« schreit einer der Zuschauer, und solche Zwischenrufe sind keineswegs selten.

Harukichis Hauptchauffeur ist ein Manzai-Fan.

»Ich wollte, ich hätte eine Kleine aus dem Gewerbe. Da gingen wir zu zweit auf eine Manzai-Tournee. In dem alten Ford, durch ganz Japan; würden zum Beispiel auf die Dörfer fahren zu den Festtagen, da eine Vorstellung geben und wären riesig beliebt. Kämen auch in die Zeitungen. Und wenn wir nach einem Jahr der Herumreiserei hierher in den Park zurückkehrten, wäre ich der fertige Manzai-Meister.«

Harukichi seinerseits macht in den Garderoben der verschiedenen Theater den Botenjungen. Davon hat er sein Taschengeld.

Und er spielt den Detektiv. Von den einen Künstlern beauftragt, forscht er in anderen Häusern die Beliebtheit und die Kulissengeheimnisse der anderen aus.

3.

Der Asphalt wird naß, es sieht nach einem Frühlingsregen aus.
Die Yasugi-Sängerin, sie hat einen Kurume-Mantel übergeworfen und die Tabi-Socken ausgezogen, ist auf dem Weg nach Hause.
Auf der gegenüberliegenden Seite der Hauptstraße geht eine Frau mit einem Baby im Arm.
Als das Taxi die Sängerin eingeholt hat, springt Harukichi vom Beifahrersitz.
»Fräulein Komachiyo, kommen Sie doch statt unter einen Schirm zu uns herein!«
»Oh . . . nun ja, wie Sie meinen.«
Obwohl Komachiyo eingestiegen ist, setzt sich der Wagen nicht in Bewegung.
»Was gibt es?«
»Wenn es Ihnen recht ist, fahre ich also weiter.«
Der Chauffeur bemerkt, daß Komachiyo errötet.
Mit wildem Tempo rast der Wagen los.
»Ich hatte nämlich auf der anderen Straßenseite jemanden gesehen.«
»So?«
»Das arme Baby, dachte ich, wenn es naß wird . . .«
»Bitte, ich möchte aussteigen.«
»Wirklich?«
»Ich wollte es vor Ihnen verheimlichen, aber es hilft ja nichts; unsereins steht nun mal im Ram-

penlicht . . . Ein Stück noch aus dem Park heraus; von dort aus geh ich dann zusammen mit ihr nach Hause.«

»Sie ist Ihre Kinderfrau? Scheint auch schon über die Vierzig zu sein.«

»Ja, und? Es sind eben alle ausgebucht, und viel dafür bezahlen, das schaff ich nicht . . . Ich müßte jemanden finden, der sich nur darum kümmert, solange ich auf der Bühne bin. Mehr ist nicht nötig.«

»Und das Baby vorläufig in Pflege geben, wollen Sie nicht, oder?«

»Es ist wegen der Brüste, wissen Sie? . . . Jedesmal wenn ich auf der Bühne die schrillen Stellen singe, vielleicht weil ich mich dabei so anstrenge. Jedesmal, meine ich, werden mir dabei die Brüste naß. Gelegentlich verschmier ich mir mit der Milch sogar das Gewand.«

»Ich werde Ihnen eine suchen. Im Park hier lungern genug Mädchen den ganzen Tag faul herum.«

»O bitte, tun Sie das!«

4.

Bude an Bude gereiht, so daß sich die Menschen drängen: das ist die Hauptstraße im Asakusa-Park; dahinter aber, in einem von den Buden umgebenen baumbestandenen Rondell, haben sich einige Männer eingenistet.

Übrigens zusammen mit zwei jungen Mädchen, die sie sich heranziehen.

Wenn man ordentlich den Hals reckt, so daß man über die Buden hinwegschaut, bekommt man einen Einblick in ihr Leben. Tatsächlich sieht man

freilich nur dies: wie sie, an die Stämme der Bäume gelehnt, auf der Erde sitzen. Außer daß sie in die Kellerkantine eines kleinen Theaters gehen und sich von dort den übriggebliebenen Reis holen, rühren sie keine Hand.
Die vor den Buden Vorübergehenden sind gewiß nicht mit dem eintausendzweihundert Personen starken Revuepublikum zu vergleichen. Noch seltener indessen dürften diejenigen sein, die, ähnlich den an der Rampe klebenden Geckos, überhaupt wahrnehmen, daß dort zwischen den Bäumen Menschen hausen.
Seltener als der Pudergeruch.
Die beiden Mädchen zumindest lassen, anders als die Revuetänzerinnen, keine balsamisch duftenden Blütenpollen fliegen. Sie riechen nach Erde. Dabei hat sich diese Erde noch nicht in Staub verwandelt. Denn noch ist es nicht lange her, daß sie unter die Landstreicher gerieten.
Ihre rundärmeligen Genroku-Kimonos aus geblümtem Kattun sind nur vom Nachttau gebügelt. Ihre gelben Obi-Schärpen haben noch das helle Leuchten. Bis auf die Schultern hängen ihnen die Zöpfe.
Niemand lebt inmitten des Menschengedränges so abgesondert und für sich wie diese Männer und Mädchen.

5.

Einmal nahm Harukichi eines der Mädchen mit, als er wieder in den tanzenden Blütenpollen jugendlicher Nacktheit zu baden gedachte.
Trotz des lauten Jazz schlief das Mädchen ein.

»Bist du so müde?«
»Hm.«
»Soll ich dir nicht einen angenehmeren Ort zum Schlafen verschaffen?«
»Ach, du willst mit mir ins Logierhaus gehen, wie?«
Nein, Harukichi brachte sie in sein leeres Taxi und ließ sie dort schlafen.
»Warum läufst du den Kerlen eigentlich nicht davon?«
»Das geht nicht.«
»Was machst du denn jeden Tag so?«
»Tagsüber gar nichts. Und du? Bist du immer hier? Darf ich manchmal hierher schlafen kommen?«
»Sag mal, möchtest du nicht auch auf großem Fuße leben wie die Revuegirls?«
»Die haben es, denk ich, ebenso schwer.«
Schließlich hat Harukichi dafür gesorgt, daß die Kleine als Kindermädchen zu Komachiyo ging.

6.

Später dann ist Komachiyo zu einer Tournee durch die Provinzen abgereist.
Da erscheint die Kleine, nun also wieder ohne das Baby, bei Harukichi, um sich auszuweinen. Und mit dem Weinen kommt erst recht das Erinnern. An die graue Trostlosigkeit des Herumvagabundierens . . . in die endgültig zu versinken sie schon im Begriff gewesen war, als das Baby sie noch einmal heraufriß in die fließende Welt.
Er setzt sie in das Auto und fährt mit ihr durch die Stadt; mehr hat er nicht, um sie zu trösten.
Doch unterwegs bemerkt er, daß das Benzin aus-

geht. Vor einer Tankstelle gleich neben dem Eisenbahnviadukt hält er an.
Es ist ein gelbgestrichener, schachtelförmiger Bau. Mit einer einzigen, grell geschminkten Verkäuferin. Dahinter die steinerne Einfriedung um ein Wohnhaus, unter dem Asphalt das Benzin.
»Du hast nicht ein bißchen Kleingeld, oder?« fragt Harukichi die Kleine im Wagen. Da sie ihm mit einem Kopfschütteln antwortet, begibt er sich geradewegs hinein zu der Verkäuferin und kratzt sich hinterm Ohr.
»Entschuldigung, Fräulein, wär's wohl möglich, daß Sie uns was pumpen?«
»Wie denn? Bedienen Sie sich nur dort an der Säule. Für einen Mann kein Problem. Es funktioniert wie ein Fernsprechautomat.«
»Und wenn sie es für mich täten?«
»Sind Sie aber aufdringlich! Versuchen Sie doch in Ihrem eigenen Viertel auf Pump zu kaufen!«
»Dann müssen wir eben in dem Haus da mal fragen.«
Und sowie die beiden zurückkommen, bezahlt die Kleine prompt das Benzin.
Als Harukichi und die Kleine schließlich in der Dunkelheit im Ueno-Park bei abgeschalteten Scheinwerfern halten, werden sie von einem Polizisten ertappt.

7.

Daß Harukichis alter Ford völlig zertrümmert wurde, daß man ihm die Kleine aus dem Gebüsch hinter den Buden wegnahm – es war alles das Werk jener Männer.

Die Kleine kam ins Jugendgefängnis.
Der Chauffeur wurde Schüler des Manzai-Meisters.
Zwischen dem Asakusa-Park und dem Jugendgefängnis gehen ständig Nachrichten hin und her.
Danach hat die Kleine eine Niederkunft gehabt.
Und wenn sie irgendwo Benzin rieche, müsse sie an Harukichi denken.
Wo Harukichi geblieben ist, weiß niemand.
Noch immer jedenfalls regnen die Puderblütenpollen herab . . . und bilden auf den Haaren der Musiker dort eine weiße Schicht. So erzählt man sich.

Der angebundene Ehemann

Irgendwie ist der Ehemann natürlich immer von seiner Frau gefesselt.

Das heißt aber nicht, daß es in dieser Welt nicht auch Fälle gäbe, in denen sich Männer damit abfinden müssen, von ihren Frauen etwa mittels eines schmalen Bandes buchstäblich an Händen oder Füßen gebunden zu werden. Wenn zum Beispiel eine Frau krank ist und sich nicht rühren kann, wird der Mann sie pflegen. Den Schlafenden jedoch nur durch Zuruf zu wecken, würde die Kranke schon überanstrengen. Oder die Kranke liegt womöglich allein, und der Mann schläft in einem anderen Zimmer. Wie soll sie ihn dann mitten in der Nacht wach bekommen? Das beste ist, Mann und Frau sind durch ein Band von Arm zu Arm miteinander verbunden, so daß sie bloß daran zu ziehen braucht.

Eine kranke Ehefrau neigt dazu, sich einsam zu fühlen. Sei es, daß der Sturm das Laub von den Bäumen reißt, daß sie einen bösen Traum gehabt oder eine Maus geraschelt hat – jedenfalls wird sie unter dem einen oder anderen Vorwand ihren Ehemann wecken, weil sie sich nach Unterhaltung sehnt. Die Tatsache allein, daß er neben ihr, der Schlaflosen, friedlich schliefe, würde ihr Mißfallen erregen.

»Neuerdings kann ich noch so sehr an dem Band

ziehen, du wirst einfach nicht wach«, würde sie etwa sagen und sich das folgende Spiel ausdenken: »Ich möchte, daß du ein Glöckchen an dem Band befestigst, ein silbernes Glöckchen.« Wenn sie dann in später Herbstnacht von ihrem langen Krankenlager aus mit einem Klingelingeling des Glöckchens ihren Ehemann weckte – was gäbe das für eine schöne traurige Musik!

Ranko indessen, auch sie hatte um den Fuß ihres Mannes ein Band geschlungen, war ganz im Gegenteil eine Frau der heiteren Musik und nicht der einer Kranken angemessenen Trauermelodien. Sie war Revuetänzerin. Sobald es tiefer in den Herbst ging, passierte es zwar sogar Ranko, daß zwischen Garderobe und Bühne eine fröstelnde Gänsehaut ihre weiß gepuderten Blößen überflog, gleich darauf jedoch trieb der Jazztanz die Schweißperlen durch den Puder. Und wer auch immer ihre wie zwei flinke Lebewesen auf und ab tanzenden Beine beobachtete, keiner vermochte sich vorzustellen, daß diese von einem einzigen Mann zu fesseln gewesen wären. So hatte denn tatsächlich nicht er ihre Beine, sondern sie seinen Fuß gefesselt.

Bis sie nach Schluß der Vorstellung in der Garderobe ins Bad stieg, war es zehn Uhr; aber nur an vier von zehn Tagen kam sie nach Hause, bevor das wohlige Gefühl vom warmen Wasser wieder verging. In den sechs anderen Nächten zogen sich die Proben bis zwei, drei Uhr oder gar bis zum Morgengrauen hin. Und an dem Apartmenthaus, in dem, nahe dem Asakusa-Park, viele Künstler und Artisten wohnten, wurde kurz vor eins die Eingangstür geschlossen.

»Aus dem Fenster unserer Wohnung im zweiten Stock hängt ein Band«, war es Ranko in der Garderobe unabsichtlich herausgerutscht. »Und das Band, das hab ich oben dem Meinen an den Fuß gebunden. Sobald ich dran ziehe, erhebt er sich brummend und läßt mich ein.«
»Aha, also ist er regelrecht dein Bändelchen, wie?«
(Einen Mann, der davon lebt, daß er sich an eine Frau hängt, nennen sie ein »Bändelchen«.)
»Du weißt wohl nicht, was du redest, Ranko. Sieh dich bloß vor! Angenommen zum Beispiel, ich zöge an dem Band, und er, halb noch im Schlaf und weil er glaubt, du wärst es, macht mir auf . . . Möglich auch, er merkt selbst dann nicht, daß es die Falsche ist, wenn wir schon oben sind . . . Jedenfalls muß ich das gleich mal versuchen. Hab Dank für den guten Tip!«
Solange man sich nur in der Garderobe über Ranko lustig machte, war das kein Problem; aber das Geheimnis von jenem Band kam auch einer Clique jugendlicher Rowdys zu Ohren, Burschen, die mit irgendwelchen Freikarten oben auf dem Balkon zusammensitzen und sich ein Geschäft davon erhoffen, daß sie die Namen bestimmter Tänzerinnen in den Saal schreien. Sie hätten, hieß es, die Absicht, hinzugehen und an dem Band zu ziehen.
»Heute nacht werden wahrscheinlich die Bengel kommen und an dem Band ziehen . . .«, sagte Ranko, als sie von der Garderobe aus mit ihrer Wohnung telefonierte.
Darauf, mit schläfriger Stimme, ihr Mann: »So? Na, dann will ich's lieber heraufholen.«

»Nein, ich habe eine bessere Idee.« Ranko lächelte. »Es sind zwar Taugenichtse, immerhin aber rufen sie, wenn ich auf der Bühne bin, meinen Namen. Sie machen ordentlich Reklame für mich. Da möchte ich ihnen auf witzige Weise meinen Dank ausdrücken. Mit irgendwas Eßbarem, meinetwegen mit ein paar süßen Brötchen. Und die befestigst du bitte an dem Band. Bestimmt haben die Burschen seit heute morgen nichts mehr zwischen die Zähne gekriegt; da werden sie sich freuen. Werden sagen: Ranko hat Humor. Das fördert die Popularität.«

»Jaaa ja«, erwiderte er gähnend, aber er hatte, der arme Poet, nicht einmal das Geld, um Brötchen zu kaufen. Und beim Umsehen in der Wohnung fand er nur einen Blütenkranz, den Ranko geschenkt bekommen hatte.

Vielleicht ist's ja mit dieser verderbten Jugend doch noch nicht so weit gekommen, daß sie den Sinn für Blumen völlig verloren hat und sich ausschließlich fürs Brot begeistert . . .

Als die jungen Leute dann unter verhalten übermütigem Lachen an dem Band rissen, war da seltsamerweise keinerlei Widerstand zu spüren, vielmehr fiel ihnen mit dem Band in raschelndem Zeitungspapier ein Bündel vor die Füße. He!? Verwundert blickten sie in die Höhe: das Fenster im zweiten Stock war allerdings geschlossen. Und als sie das Bündel aufmachten, enthielt es Blumen, Blumen, Blumen. Alles künstliche Blumen, die Rankos Mann aus dem Kranz herausgezupft hatte. Die Burschen brachen wie mit einer Stimme in ein Kriegsgeschrei aus.

»Da hat sie uns aber wunderbar hereingelegt!«
»Eine geschickte Inszenierung! Hut ab vor Ranko!«
»Wie wär's, wollen wir ihr diese Blumen nicht morgen auf die Bühne werfen?«
Schon hatte sich jeder eine Blume an die Brust gesteckt, hatten sie sich sämtliche Kimono-Ärmel prall mit Blumen gefüllt und gingen los.
»Aber sag mal, am Ende war dies gar kein von Ranko angerichtetes Blumenfeuerwerk . . .«
»Eben denke ich das auch. Sie muß ja noch im Theater sein.«
»Sieht ganz nach ihrem Mann aus, nicht wahr?«
»Na, um so erfreulicher, wie ich finde.«
»Er ist immerhin ein Dichter.«
Trotzdem warfen sie am Abend des folgenden Tages, als Ranko tanzte, all die Blumen auf die Bühne.
Freilich kam selbst eine Ranko als die Asakusa-Künstlerin, die sie war, nicht allein der Proben wegen spät nachts nach Haus. Manchmal ging sie mit anderen aus der Garderobe in ein Garküchenlokal im Yoshiwara-Viertel, wo man bis nachts um drei zu trinken bekommt, und manchmal ließ sie sich von einem Gast in das bis zum Morgen geöffnete Vogelhaus im Park verführen. Dort sahen die jugendlichen Rowdys sie. Und seit der Geschichte mit den Blumen standen die Burschen auf der Seite von Rankos Mann.
»Wir müssen ihr einfach rücksichtslos eins auswischen. Die einen nehmen ihren Mann irgendwohin mit, währenddessen gehen die anderen in die Wohnung hinauf, packen Rankos Kleider und Toi-

lettensachen in ein großes Furoshiki-Tuch und befestigen das Ganze an dem Band. Wenn Ranko betrunken nach Hause kommt und daran zieht, kriegt sie diesmal das Bündel vor die Füße. Etwa in dem Stil: Weib, verlaß mein Haus!«

Eines Nachts, alles war gründlich vorbereitet, sprang einer von ihnen Ranko in den Weg, gerade als sie sich von einem Gast mitnehmen lassen wollte.

»Fürchten Sie eigentlich nicht, daß Ihr Mann Sie, wenn Sie sich so liederlich aufführen, davonjagen könnte?«

»Da sorgst du dich umsonst, schließlich habe ich meinen Mann fest angebunden.«

Der Regenschirm

Es war ein Frühlingsregen, der nichts wirklich durchnäßte und dennoch wie ein Nebel die Haut auf eine unbestimmte Weise feucht werden ließ. Das Mädchen stürmte zum Vorderausgang hinaus und begriff erst, als es den Schirm des Jünglings sah: »Oh, es regnet wohl, oder?«
Der Jüngling hatte den Schirm weniger des Regens wegen aufgespannt, als vielmehr, um seine Befangenheit darüber zu verbergen, daß er vor dem Laden erschien, in dem das Mädchen saß.
Indessen hielt er, ohne ein Wort zu reden, den Schirm dem Mädchen hin, das freilich nur mit der einen Schulter daruntertrat. Obwohl sie beide naß wurden, brachte es der Jüngling nicht fertig, unterwegs dichter neben dem Mädchen zu gehen und zu sagen: Komm doch ganz unter den Schirm! Das Mädchen wiederum hätte zwar die eine Hand gern mit auf den Schirmgriff gelegt, machte dabei aber ein Gesicht, als wollte es jeden Augenblick unter dem Schirm hervor davonlaufen.
Sie begaben sich zum Photographen. Der Vater des Jünglings, ein Beamter, sollte an einen fernen Ort versetzt werden. Es ging also um ein Abschiedsphoto.
»Wenn Sie sich bitte hier nebeneinander . . .« Der Photograph wies auf ein Sofa, doch der Jüngling war außerstande, sich neben das Mädchen zu set-

zen. Indem er sich hinter das Mädchen stellte, legte er in dem Wunsch, ihrer beider Körper möchten irgendwo miteinander verbunden sein, seine Finger so auf die Sofalehne, daß sie den Haori-Überwurf des Mädchens leicht berührten. Es war das erstemal, daß er überhaupt den Körper des Mädchens spürte. Die undeutliche Wärme, die sich auf seine Fingerspitzen übertrug, ließ ihn eine Glut empfinden, als hielte er das Mädchen nackt in Armen.

Sein ganzes Leben lang würde er sich, wann immer er dieses Photo betrachtete, an die Körperwärme des Mädchens erinnern.

»Wie wär's mit einem zweiten Photo? Sie beide auf dem Sofa sitzend, ein Doppelbrustbild in Nahaufnahme . . .«

Der Jüngling nickte nur. »Und dein Haar?« fragte er leise das Mädchen.

Hastig, mit rot anlaufenden Wangen, blickte das Mädchen zu dem Jüngling auf, um dann mit einem fröhlichen Blitzen in den Augen und brav wie ein Kind in den klappernden Geta-Sandalen zum Spiegel in der Toilette zu gehen.

Vorhin, als es draußen vorm Laden den Jüngling gesehen hatte, war keine Zeit mehr geblieben, sich das Haar zu richten, so eilig war das Mädchen davongeflogen. Und hatte seither in einem fort an die Frisur denken müssen: daß sie verdorben war wie nach dem Herunterreißen der Badekappe. Sich aber im Beisein eines Mannes mit eitler Geste die losen Strähnen aufzustecken, dazu war das Mädchen vor lauter Scham nicht fähig gewesen. Und der Jüngling seinerseits hatte geglaubt, er würde

das Mädchen erst recht beschämen, wenn er ihm sagte, es solle sein Haar in Ordnung bringen.
Die Heiterkeit, mit der das Mädchen zur Toilette ging, stimmte auch den Jüngling heiter. Danach nahmen sie, eine Folge dieser Heiterkeit, mit der größten Selbstverständlichkeit dicht aneinandergerückt auf dem Sofa Platz.
Beim Verlassen des Photostudios suchte der Jüngling seinen Regenschirm. Plötzlich sah er: das Mädchen, das vor ihm hinausgegangen war, stand, den Schirm in der Hand, draußen vor der Tür. Und erst da, unter dem erstaunten Blick des Jünglings, wurde dem Mädchen klar, daß es selber den Schirm mitgenommen hatte. Woraufhin nun das Mädchen erschrak. War hier doch durch völlig unbewußtes Verhalten deutlich geworden, daß das Mädchen sich als ihm zugehörig empfand.
Der Jüngling vermochte nicht zu sagen, er wolle den Schirm halten. Das Mädchen brachte es nicht fertig, ihm von sich aus den Schirm zu überlassen. Anders jedoch als auf dem Weg zum Photographen kehrten die beiden nun als plötzlich Erwachsene, ja mit Gefühlen wie ein Ehepaar zurück.
Nur soviel zum Thema Regenschirm . . .

Make-up

Unser Toilettenfenster liegt der Toilette der Yanaka-Trauerhalle genau gegenüber.
Auf dem freien Stück zwischen den beiden Toiletten befindet sich die Abfallgrube des Friedhofs. In ihr häufen sich die Gebinde und Blumenkränze von den Trauerfeiern.
Einmal hatte das Gezirp der herbstlichen Grillen drüben überm Gräberfeld und an der Trauerhalle auffällig zugenommen, obwohl es erst Mitte September war. Ich legte meiner Frau und ihrer jüngeren Schwester die Arme um die Schultern, und wie auf etwas Seltsames zu, schritten wir gemeinsam den ein wenig kühlen Gang hinunter. Es war spät am Abend. Im selben Augenblick, da wir am Ende des Ganges die Tür zur Toilette öffneten, stieg uns der schwere Duft von Chrysanthemen in die Nase. »Ah!« riefen die beiden verwundert und drängten ihre Gesichter an das Fenster: es war überblüht von weißen Chrysanthemen. Tatsächlich standen dort an die zwanzig Chrysanthemenkränze nebeneinander. Die Überreste von der Trauerfeier dieses Tages. Indem meine Frau, wie um von den Blumen zu pflücken, die Hand ausstreckte, meinte sie, es müsse Jahre her sein, daß sie soviele Chrysanthemen auf einmal gesehen habe. Ich schaltete das elektrische Licht ein. Und sogleich leuchtete das um die Kränze geschlungene

Silberpapier gleißend auf. Wenn ich arbeite, gehe ich häufig zur Toilette; also sog ich in jener Nacht wieder und wieder den Duft der Chrysanthemen ein und mir war, als verschwände die Müdigkeit der durchwachten Nacht in diesen Duft hinein. Im Licht des Morgens schließlich wurden die Chrysanthemen allmählich immer weißer, begann das Silberpapier immer heller zu strahlen. Und dann entdeckte ich, während ich mein Bedürfnis verrichtete, daß auf den weißen Chrysanthemen ängstlich ein Kanarienvogel hockte. Wahrscheinlich war es einer der tags zuvor freigelassenen Vögel, der vor Erschöpfung den Weg zurück in die Voliere nicht gefunden hatte.
Nun ja, ein solcher Anblick hat durchaus eine gewisse Schönheit, andererseits muß ich aber von unserem Toilettenfenster aus auch mitansehen, wie die Trauerfeierblumen da drüben von Tag zu Tag mehr verwesen. Gerade jetzt wieder, Anfang März, da ich diese Zeilen schreibe, habe ich fünf, sechs Tage hindurch beobachtet, wie die in einen Kranz eingebundenen rougefarbenen Rosen und Glokkenblumen im Verwelken ihre Farbe verändern.
Immerhin ist das bei Blumen, also im Pflanzenreich ganz in der Ordnung. Doch bekomme ich im Toilettenfenster der Trauerhalle zwangsläufig auch Menschen zu Gesicht. Meist jüngere Frauen. Denn die Greisinnen (Männer erscheinen ohnehin nur selten) sind offenbar nicht mehr so sehr Frauen, daß sie sich in einer Friedhofstoilette lange genug aufhielten, um in den Spiegel zu schauen. Fast all die jüngeren Frauen indessen bleiben stehen und fangen an, ihr Make-up zu richten. Eine

Frau in Trauergewändern, die sich in der Toilette einer Zeremonialhalle für die Totenfeier schminkt ... Wenn ich etwa sehe, wie sie sich mit dunklem Rouge die Lippen malt, meine ich, blutige Lippen vor mir zu haben, die an Toten lecken, und mich überläuft ein kalter Schauder. Diese Frauen benehmen sich dabei mit der größten Gelassenheit. Ja, sie glauben sich von niemandem beobachtet, und dennoch drückt sich an ihnen körperlich das Schuldgefühl aus, insgeheim etwas Unrechtes zu tun.

Nicht daß ich es darauf anlegen würde, bei solch grausigem Make-up zuzuschauen; es sind nur eben die beiden Fenster jahrein jahraus einander zugekehrt, so daß dieses widerwärtige, zufällige Zusammentreffen keineswegs selten ist. Ich pflege dann rasch den Blick abzuwenden. Und wenn mich seither die geschminkten Gesichter auf den Straßen oder in den Salons an die Frauen in der Friedhofstoilette erinnern, so hat das ganz zweifellos sein Gutes. Habe ich doch schon überlegt, den mir nahestehenden Damen Briefe zu schreiben des Inhalts, sie möchten, falls sie je zu einer Totenfeier in die Yanaka-Trauerhalle kämen, nie die dortige Toilette aufsuchen. Auf daß sie sich nicht mit jenen Teufelinnen gemein machen.

Aber nun gestern.

Da erblickte ich im Toilettenfenster der Trauerhalle eine siebzehn- oder achtzehnjährige junge Frau; sie wischte sich mit einem Taschentuch ein um das andere Mal die Tränen ab. Sie wischte und wischte und immer von neuem schienen ihr die Tränen zu laufen. Sie schluchzte, daß ihre Schultern bebten.

Endlich sank sie, wie vom Kummer gefällt, mit einem dumpfen Laut gegen die Toilettenwand. Hatte die Kraft nicht mehr, sich die Wangen zu putzen, und also ließ sie die Tränen rinnen.
Sie ist die einzige, dachte ich, die sich nicht verbirgt, um ihr Make-up zu erneuern. Sie verbirgt sich, um zu weinen.
Schon spürte ich, wie der Groll gegen die Frauen, den dieses Fenster in mich eingepflanzt hatte, durch ihr Verhalten allmählich zu schwinden begann, als sie völlig unerwartet einen kleinen Spiegel hervorzog, und, nach einem kurzen, süßlichen Lächeln in den Spiegel hinein, gewandten Schrittes die Toilette verließ. Fast hätte ich, aufgeschreckt wie von einem plötzlichen Guß kalten Wassers, einen lauten Schrei ausgestoßen.
Das Lächeln wird mir ein Rätsel bleiben.

Das Herbstwindweib

Er hatte die Dame bis zum Ausgang begleitet, in Halle und Gängen des Hotels lagen die Böden still da wie Spiegel, über die die flachen Herbstwolken glitten, und weil es ihm ein wenig peinlich war, so ohne weiteres hinauf in sein Zimmer im ersten Stock zu gehen, zog er aus dem in die Treppenlaibung eingebauten Regal das ganz rechts stehende Buch heraus. Zugleich kam damit ein Heimchen hervorgehüpft. Bei dem Buch handelte es sich um eine Enzyklopädie. Auf der Seite, die er aufschlug, fand sich das folgende Stichwort:
»Herbstwindweib. Meisterin der volkstümlich satirischen Kyōka-Gedichte in Edo. Nichte des Daimonjiya Bunrō aus Yoshiwara, Ehefrau des ›Kürbis‹ Motonari. Der Name ›Herbstwindweib‹ entstand in Anlehnung an ihr Kyōka: ›Es kommt der Herbst, / meldet der Wind und hat / vom Briefe-Monat / das Siegel, vom Kiri-Baum / das erste Blatt gebrochen.‹ Berühmt auch für ihre Waka-Gedichte.« Was für ein Unsinn! So richtig begriff er dieses Kyōka nicht. Auf einer eintönigen Reise befaßt man sich wirklich mit dem überflüssigsten Kram, dachte er und kehrte in sein Zimmer zurück. Dort hing noch immer der Duft von allerlei weiblichen Make-up-Utensilien. Im Papierkorb neben dem Schminktisch lagen einige kleine Büschel ausgekämmter Haare.

»Nanu, gehen sie ihr so sehr aus? Wie traurig!« Er las sie auf und betrachtete sie. Vermutlich war die Dame selber auch darüber erschrocken gewesen, hatte die Haarbüschel angestarrt und nachdenklich um den Finger gewickelt; jedenfalls hatten sie die Form winziger Kringel.

Er trat auf den Balkon. Auf der weißen, schnurgeraden Landstraße jagte das Automobil der Dame dahin. Er schloß sein rechtes Auge und hielt dann einen der Haarkringel vor das linke, und während er wie bei einem Monokel dieses linke Auge ein wenig zusammenkniff, verfolgte er das Automobil in der Ferne. So wirkte, hatte er das Gefühl, der Wagen der Dame wie eine Blume, wie ein Spielzeug aus Metall. Und das bereitete ihm eine Art kindlichen Vergnügens. Andererseits, das war unstreitig, roch das Haar; sicher hatte sie sich den Kopf lange nicht gewaschen. Es roch nach Mühsal. Am Ende, dachte er, kommt jetzt die Jahreszeit, in der ich, umfaßte ich jenen Kopf, erschaudern würde, weil es so kalt ist, ihr Haar.

Ihrer beider Beziehung bestand darin, daß er der Dame für dreißig Minuten sein Zimmer zur Verfügung gestellt hatte. Ihr Mann, er litt an der Lunge, war der Luftveränderung wegen in dieses Hotel gekommen. Stolz auf die Kraft seiner geistigen Energien beharrte er darauf, die Krankheit durch den Glauben zu bezwingen; dabei durfte ihm seine Frau nicht für einen Augenblick von der Seite weichen. Nun stand jedoch innerhalb der nächsten zwei, drei Tage der Tod zu erwarten, und die Frau hatte, um die entsprechenden Vorbereitungen zu treffen, in ihr Haus nach Tōkyō zurückkehren müssen. Wahrscheinlich ging es ums Geld oder um dergleichen lästige Probleme. Daher hatte sie heimlich Kleider zum Wechseln in sein Zimmer heraufgebracht und sich dann heute hier zurechtgemacht, um sich so aus dem Hotel davonzustehlen.

Wie in ihrer Lage nur natürlich, hatte sie sonst immer nur eine langärmelige weiße Kittelschürze getragen, und so war sie mit sorgenvoller Miene über die Korridore dahingeeilt. In dem luxuriösen Hotel, in dem sich sommers und winters die westlichen Gäste drängten, war ihre eher häuslich wirkende Gestalt von einer Schönheit gewesen, die ihn ins Herz getroffen hatte. Ja, sie war wirklich ein »Herbstwindweib« gewesen.

Das Automobil verschwand hinter den Bergen am Kap.

»Mami, Mami!« rief mit heller, durchdringender Stimme ein Engländerkind von vier oder fünf Jahren, während es über den Rasen rannte. Hinter ihm, gefolgt von zwei Pekinesen, kam die Mutter. Die heitere Lieblichkeit dieses Kindes ließ ihn glauben, es könne sich bei den Bildern von Engeln nicht um bloße Erfindungen handeln. Unter dem fahlen Rasen war noch eine letzte Spur vom Grün geblieben, und das wiederum erinnerte ihn an die Stille eines von Nonnen verlassenen Klosters. Plötzlich waren die Hündchen und das Kind in einem Kiefernhain verschwunden. Über diesem Wäldchen hätte er wie ein blaues Band das Meer sehen müssen. Oder sollten in den knapp zwei Jahren seit seinem letzten Aufenthalt hier die Kiefernwipfel so in die Höhe geschossen sein? Von dem

also unsichtbaren Meer her begann sich der Himmel bedrohlich zu bewölken, weshalb er schon im Begriff war, sich ins Zimmer umzuwenden. Da hörte er Tanzmusik. Tea-time.
Zwar hatte sich, wie er beim Blick in die Fenster erkennen konnte, von den Gästen noch keiner zum Tee eingefunden, doch brannten in der Halle unten bereits die Lichter, und der Geschäftsführer des Hotels und eine Frau, die wie die Chefmamsell aussah, drehten sich dort als einziges Paar im Walzerschritt. Die dickliche Frau trug ein um die Hüften schlechtsitzendes Kleid. Der Tanz der beiden hatte etwas Trostloses.
Vom Balkon zurück warf er sich, den Kopf auf dem Ellbogen, im Zimmer aufs Bett. In dieser Lage schlief er ein. Als er erwachte, war das Rascheln des dürren Laubs zu vernehmen, das durch den Hinterhof fegte, die Glastür schepperte: Vorboten eines herbstlichen Taifuns.
»Wie mag es dem Kranken ergehen? Ob die Dame wieder da ist?« Beunruhigt wollte er sich telefonisch bei der Rezeption erkundigen. Auf einmal spürte er, gleichsam aus der Tiefe des Herbstes, die Blicke zweier Augen auf sich gerichtet, und es überkam ihn eine trotzig wilde Zuneigung zu jener Frau.

Die glückliche Niederkunft einer Hündin

Seit alters pflegen die Schwangeren an einem Tag des Hundes zum erstenmal den Iwata-obi, die baumwollene Leibschutzbinde, anzulegen. Weil Hunde sprichwörtlich leicht gebären. Ich selbst habe so manches Mal die Rolle des Hundegeburtshelfers übernommen. Neuem Leben zur Existenz zu verhelfen ist etwas Schönes. Der Wurf und die Aufzucht der Kleinen bedeuten für den, der Hunde hält, eine große Freude. Voriges Jahr indessen hatte ich mit zwei schwierigen Würfen nacheinander meine Not.

Für beide, eine Drahthaar-Foxterrier- und eine Collie-Hündin, war es der erste Wurf gewesen. Bei dem Terrierweibchen erstickte das dritte Junge im Geburtskanal, das vierte holte der Tierarzt mit der Zange heraus. Wenigstens wurden die beiden ersten Hündchen und das Muttertier gerettet. Bedenklicher stand es mit der Collie-Hündin. Eine Woche, zehn Tage verstrichen über den vorausberechneten Termin hinaus, und es kam zu keinem Wurf. Das ist bei Hunden selten. Jede Nacht dachte ich, jetzt muß es soweit sein, und konnte nicht schlafen. Ich rief zwei Tierärzte, auch einen mit mir befreundeten Gynäkologen (freilich aus der Humanmedizin) bat ich dazu. Wieder und wieder diskutierten sie darüber, ob die Föten überhaupt noch lebten und ob es richtig wäre oder nicht, einen Eingriff vorzunehmen. Schließlich machten sie einen Kaiserschnitt, und obwohl es für die Hündin zunächst gut aussah, verendete sie doch in derselben Nacht; die sieben kleinen Hündchen in ihrem Leib waren bereits halb verfault gewesen.

Der Verlust durch die zwei schiefgegangenen Würfe mochte sich, in Geld gerechnet, auf einiges über tausend Yen belaufen. Aber davon einmal ganz abgesehen – da die Collie-Hündin bis in ihr Benehmen hinein wie ein verzärteltes kleines Mädchen gewesen war, und zwar in einem solchen Maße, daß sie mir, wenn ich die Nacht hindurch am Schreibtisch saß und arbeitete, nicht von der Seite wich, vielmehr ihren Kopf an meinen Knien rieb und mich überallhin, selbst auf die Toilette, getreulich begleitete, wurde es nach ihrem Tod entsetzlich still und leer ringsum, und wir zogen aus dem Haus in Sakuragi weg. Darüber hinaus war mir aus all dem klar geworden, wie unsicher die tierärztliche Geburtshilfe im Vergleich zu der enorm entwickelten Frauenheilkunde dasteht, und daß es im Falle von Komplikationen bei einer wertvollen Hündin unbedingt ratsam ist, auch einen Humangynäkologen hinzuzuziehen.

Diesmal nun ging es um den zweiten Wurf der Terrier-Hündin. Aus der Art, wie sie nachts um elf das Stroh in der Gebärkiste zusammenzuscharren begann, schloß ich, daß es in dieser Nacht soweit war. Ich stellte ihr reichlich Eigelb und Haferflocken hin und legte die Geburtshelferutensilien zurecht: Verbandwatte, eine kleine Schere, eine dünne Shamisen-Saite, Alkohol und so weiter. Die Gebärkiste hatte ich neben meinen Schreibtisch gerückt. Meine Frau schlief, angekleidet wie sie war, ausnahmsweise am Kotatsu-Stövchen hinter mir. Die Hündin nämlich trottete beständig meiner Frau hinterher, und wenn sie sie nicht sah, konnte sie keinen Augenblick lang stillhalten.

Wirklich stieg sie zielstrebig aus der Gebärkiste und lief hinüber zu meiner Frau, wo sie sich auf der Kotatsu-Decke neben der Schulter meiner Frau in einem fort im Kreise drehte. Es war, als wollte sie dort ihre Jungen werfen. Meine Frau schlief, ohne etwas davon zu bemerken. Schließlich fing die Hündin an, in wilden Atemstößen zu hecheln; sie wand sich, sie winselte, und das alles mit einem wunderlichen Gesicht und dann und wann gähnend, als wollte sie sagen: warum tut mir bloß der Bauch so weh, wo ich doch viel lieber schlafen möchte? Ich wartete, indem ich in Niwa Fumios Erstlingsband »Die Bachforelle« las.

Morgens kurz nach drei setzten bei der Hündin die eigentlichen Wehen ein, ich überprüfte kurz ihren Geburtskanal, und da ich fand, es sei die richtige Zeit, trug ich sie in die Gebärkiste. Sie lag auf dem Rücken und warf sich vor Schmerzen hin und her, wobei offenbar die Fruchtblase platzte, denn sie schleckte vom Boden der Kiste das Wasser auf. Als ich bald darauf wieder hinschaute, hatte sie das erste geworfen. Es war genau vier Uhr.

»He! Sie hat angefangen. So wach doch auf! Die Hündin hat angefangen zu werfen!«

Meine Frau fuhr in die Höhe, sowie sie aber das Blut sah, zitterten ihr die Finger, so sehr verwirrte sie das. Es sah aus wie eine glitschige Wurst, wie ein Gummiluftballon und war der Eihautsack, in dem das Junge noch steckte. Ich bin daran gewöhnt. Mit der Schere trennte ich den Sack auf und holte das Hündchen heraus.

Natürlich leckte auch das Muttertier eifrig an der Hülle und versuchte sie zu zerbeißen. Das Junge, naß wie eine aus dem Wasser gezogene Ratte, riß sogleich ängstlich die kleine Schnauze auf und begann zu zappeln. Ich durchschnitt mit der Schere die Nabelschnur. Tatsächlich hatte ich sie mit der Shamisen-Saite abbinden und dann durchschneiden wollen, doch das wäre zu umständlich gewesen. Nun hatte ich die Nabelschnur erst abgetrennt, nachdem ich die Eihaut geöffnet hatte. Das war die falsche Reihenfolge und durfte eigentlich nicht sein. Als nächstes beseitigte ich die Plazenta, indem ich sie in Verbandwatte einwickelte. Ich hätte sie der Hündin zu fressen geben können. Nach der einen Theorie bekommt es ihrem Magen nicht, wenn sie sie frißt; nach einer anderen Theorie soll sie danach ordentlich Milch produzieren. Allerdings hatte jedes der Jungen ein eigenes Stück Plazenta, so daß es ausreichen würde, wenn sie eins oder zwei davon fräße. Von der ständig an ihm herumleckenden Zunge der Hündin schien dem Neugeborenen eine geheimnisvolle Lebenskraft zuzufließen, wurde es von Augenblick zu Augenblick munterer, und schon kroch es los. Suchte die Milchzitzen. Die Hündin leckte emsig auch die Exkremente fort. Und ich meinerseits rieb mit meiner Watte beide sauber, die Mutter und das Kleine.

»Zumindest dies eine lebt. Ein hübsch gemustertes

Fell hat es. Aber irgendwie ist es ziemlich klein«, sagte ich, während ich mir das Blut von den Händen wischte.
Meine Frau beugte sich über die Gebärkiste. »Besser, es ist klein. So eines bringt sie leichter heraus als die großen beim vorigen Mal. Wahrscheinlich sind noch einige drin, oder? Ich hätte da ja Angst, ich wüßte nicht, wo ich anfassen sollte. Na, so richtig kommt das Kleine wohl doch noch nicht an die Brust heran.«
Ich nahm es auf den Handteller und betrachtete das Bäuchlein; es war ein Weibchen.
Das zweite Junge kam um vier Uhr vierzig, mit einem ziemlichen Abstand also und nachdem es vorübergehend im Geburtskanal steckengeblieben war; es handelte sich um ein Männchen, größer als das erste, sehr lebhaft, und mit dem im Gegensatz zum Rumpf vorwiegend weißen Kopf machte es einen boshaften Eindruck. Meine Frau holte das klitschnasse Hündchen unter ihren Kimono, wärmte es an ihrem Körper und reinigte es mit Verbandwatte.
»Zwei sind schon da, na, ist das nicht großartig? Genau wie beim vorigen Mal«, sagte meine Frau, als wollte sie das Muttertier besänftigen. Keine zehn Minuten später kam das dritte herausgeglitten. Es hatte eine schwarze Maske und war wiederum ein Männchen. Die Plazenta gab ich der Hündin zu fressen. Kaum hatte ich es trocken gewischt, das Neugeborene, da kroch es saugend zurück an den Geburtskanal und machte sich wieder naß und beschmierte sich über und über mit Blut.

Als meine Frau es wie das andere zum Wärmen unter ihren Kimono nahm – die anfängliche Furcht hatte sie inzwischen verloren –, schrie sie plötzlich: »Willst du das wohl gleich lassen?! Saugt sich einfach an meiner Brust fest. Das tut doch weh!«

Die Hündin hatte noch immer absolutes Vertrauen zu meiner Frau; daß allerdings das Fiepen ihrer Jungen aus dem Kimono drang, schien ihr merkwürdig genug, um mit bald nach rechts und bald nach links geneigtem Kopf dahin aufzublicken.

»Uh-bu-buh!« erscholl es drängend aus der gegenüberliegenden Zimmerecke. Das war meine Ohreule. Der Vogel saß da, hochaufgerichtet und wie außer sich vor Verwunderung über diese Niederkunft und das Gewinsel der Hündchen; er neigte den Kopf nicht nur hin und her, nein, rundum kreisen ließ er ihn, während er zur Gebärkiste herüberstarrte.

»Ah, du bist ja auch noch da! Fast hätte ich dich vergessen«, sagte ich, stand auf und fütterte ihn mit Sackspinnermaden.

Das vierte Hundejunge, abermals ein Männchen, kam um fünf Uhr zwanzig. Meine Frau meinte, es müßten noch mehr sein; als ich jedoch um sechs die Hündin auf die Beine stellte und abtastete, war der Leib völlig leer. Es war alles in allem eine geradezu enttäuschend glatt verlaufene Niederkunft gewesen. Die Hündin schlabberte das Eigelb und die Haferflocken auf. Sie trank von dem frischen Wasser. Die kleinen Pfoten und Schnauzen der Jungen waren rot wie frisches Blut und von einer unschuldigen Robustheit. Vorn an den Nasenspitzen hatten sie bereits die dunklen, feuchtglänzenden Flekken. Meine Aufgabe war erfüllt, ich wischte mir den klebrigen Schmutz von den Händen; dann las ich die Morgenzeitung und dachte an eine Reise. Während meine Frau der Hündin die Flanken rieb und ihr ein über das andere Mal zuredete: »Ist ja gut. Ist alles gut. Und deine Kleinen, die schlafen schön.« Unterdessen zählte ich die Namen meiner alten Freunde her, Ishihama Kinsaku, Suzuki Hikojirō, Suga Tadao, Ozaki Shirō und Takeda Rintarō, und versprach meiner Frau, wir würden reihum zu ihnen fahren und uns die Babys ansehen, die sie noch nicht kannte. Als ich die Regenläden aufschob, um dann die Streu in der Kiste zu erneuern, strahlte die warme Morgensonne voll ins Zimmer herein: es war der achtzehnte Januar.

Wakame-Seetang

Die Nacht beginnt hier beizeiten, schon um halb zehn wird's still im Hospital. Inzwischen hat der Frühling sogar unter dem Arzneigeruch Einzug gehalten; nachts ist das besonders deutlich zu spüren. Heute war ich – ich habe zur Zeit Nachtdienst – den Tag über in der Stadt. Danach mußte ich immer wieder an die eine Szene in der Elektrischen denken, und obwohl mich dabei ein Lächeln überkam, fühlte ich mich, so allein, ziemlich erschöpft.

Von den Leuten im Zug hatten manche Tüten mit der Aufschrift »Offizieller Mützenlieferant für alle Gymnasien« auf den Knien; eine Mutter mit ihrem Sohn stieg ein, die Frau setzte sich, während der Junge mit seiner neuen Schulmütze, sichtlich verlegen neben dem Schaffnersitz stehenblieb.

Eine andere Frau war eifrig damit beschäftigt, seidene Spinnereiabfälle aufzudröseln. Sie hatte ein etwa faustgroßes Knäuel vor sich, ein Gemisch aus roten und hellblauen, bald auch grau wirkenden Fadenresten, und indem sie mit den Fingern beider Hände daran herumtastete, kriegte sie einen Faden an seinem Ende zu fassen, zog ihn heraus und wickelte ihn auf eine Spule, die sie sich aus einer zusammengerollten, alten Postkarte gemacht und auf den linken kleinen Finger gesteckt hatte. Die roten Fäden wickelte sie näher bei der Fingerwurzel auf, die hellblauen näher bei der Fingerkuppe. Hatte sie einen Faden herausgedröselt, brachte sie ihn auf die Spule; hatte sie einen aufgespult, dröselte sie einen neuen heraus, und da sie mit offensichtlich langgeübter Fingerfertigkeit noch die verworrensten Verknotungen geradezu unglaublich geschickt aufzulösen verstand, bekam man beim Zuschauen nie den Eindruck trübseliger Langeweile. Wenn es gut ging, tanzte das Knäuel bis in ihren Schoß herab. Manchmal indessen fiel es auch, weil das aufzuwickelnde Fadenstückchen zu kurz war, auf den Boden. Selbst dann jedoch fuhr die Frau mit dem gleichen ruhigen Eifer fort, und die Fäden und ihre Fingerspitzen schienen sich schließlich in ein einziges Lebendiges zu verwandeln.

Um sich gemächlich vorbeugen zu können, hatte die Frau ihre beiden Beine auf die natürlichste Weise von sich gestreckt, und irgendwann verfiel ich meinerseits in dieselbe Haltung und sah ihr wie einträchtig zu.

Hat sie sich die Spinnereiabfälle geholt, weil das Garn heutzutage knapp ist? Hat sie vielleicht früher, mit einem Wollknäuel im Schoß, lieber gestrickt? Nein, dachte ich, diese Frau muß das schon vor dem Krieg gemacht haben. Aus den niedergeschlagenen Augen, den nach außen zu ein wenig hochgezogenen Lidern wollte ich auf ausgesprochen feste Gesichtszüge schließen, aber als es ans Aussteigen ging, schob sie das Fadenknäuel hastig in den Kimono-Ärmel und erhob sich ein wenig erschöpft: eine ganz gewöhnliche Frau, die die Mitte der Vierzig hinter sich hatte.

Als ich mich jetzt, während des Nachtdienstes, daran erinnerte, erschien es mir zwar irgendwie sonderbar, daß ich wirklich geglaubt haben sollte, eine Frau in ihrem Glück vor mir zu sehen; aber immerhin machte es mich froh. Und ohne alle Eile begann ich einen Brief nach Hause ins Dorf zu schreiben.

»Entschuldigen Sie, würden Sie uns wohl den Röntgenraum aufschließen? Es handelt sich um einen Patienten mit einem Fremdkörper in der Speiseröhre«, sagte, ein wenig zu forsch im Ton, die Schwester von der Hals-Nasen-Ohren-Abteilung, indem sie bei mir eintrat, »den Röntgenologen haben wir schon rufen lassen.«

»Aber ja.«

»Ich bitte Sie«, setzte sie, nun gedämpfter, hinzu, wobei sie noch einen Schritt auf mich zukam und gleichsam an meiner Seite Aufstellung bezog.

Ich nahm den Schlüssel und wir gingen. Die Beleuchtung in den Korridoren war tatsächlich nur sehr schwach.

Als ich die schwere Tür zum Röntgenraum öffnete, tauchten aus dem Dunkel heraus die Apparate wie unheimliche Wesen vor uns auf. Ich tastete nach dem Schalter und machte Licht. Gleich darauf waren Schritte zu hören: es näherten sich der Röntgenologe, der Arzt und eine Schwester, die einen etwa dreijährigen Jungen, offenbar den Patienten, auf den Armen trug. Auch die Eltern des Jungen erschienen.

»Durchleuchten und eine Aufnahme, bitte«, sagte der Arzt zum Röntgenologen.

Ich folgte dem Röntgenologen ins Zimmer, bückte

mich an ihm vorbei, um die schwarzen Vorhänge zuzuziehen, und bereitete alles vor.
Während er den Abstand einstellte, fragte er: »Was hat er denn verschluckt?«
»Vermutlich einen Go-Stein«, erwiderte der Arzt.
»Einen Go-Stein? Wie das?« murmelte der Röntgenologe und sah sich um, als wollte er sicher sein, daß er sich im Alter des Patienten nicht geirrt hatte. »Dann muß er ihn wohl für ein Bonbon gehalten haben, was?«
Aber niemand lachte darüber, und die Mutter, nur um so verwirrter, meinte: »Nein, auf keinen Fall, das nicht. Wenn Tag für Tag und wieviele Tage schon überall die Go-Steine herumliegen, nicht wahr, mein Junge ... Warum hat er's nicht gemerkt, dein Vater?«
Der Vater machte ein mürrisches Gesicht und schwieg.
Auch der Junge stellte sich ahnungslos, nur als ihn die Schwester auszuziehen begann, schrie er: »Ich hab ihn nicht verschluckt, ich hab ihn bestimmt nicht verschluckt, ganz bestimmt nicht!« Und streckte beide Arme aus und ruderte damit auf seine Mutter zu, bis er endlich nackt war und man ihn auf den Röntgentisch legte.
»Fangen wir an!« Auf dieses Signal hin wurde es im Zimmer stockdunkel. Unter einem leisen Gesirr erschienen auf dem fluoreszierenden Schirm die zarten Knochen.
Von beiden Seiten hielten die Schwestern den unter dem kalten Apparat zappelnden, weinenden Jungen fest. Der Arzt stellte die Schärfe ein und betrachtete eingehend das Bild auf dem Schirm.

»Aha!« rief er aus. Die davon angelockten Schwestern schauten ebenfalls auf den Schirm.
Der Go-Stein war in der Speiseröhre hängengeblieben.
Auf der Stelle wurde eine Röntgenaufnahme gemacht, gleich darauf brachten wir den Jungen in den Operationssaal. Ich gab ihm die Äthernarkose; in dem von starken Lampen weiß ausgeleuchteten Raum war der nackte Körper des Kleinen ein weiches, rundes Etwas, so hübsch, daß es einen, wenn man's berührte, festzuhalten schien.
Der Arzt hatte den Stirnspiegel aufgesetzt, in der Hand hielt er eine lange, schmale Zange.
»Bei so einem kleinen Schnäuzchen«, murmelte ich, als ich das Instrument sah, und klappte den Mund des Jungen auf.
Der Arzt führte die Faßzange bis tief in die Kehle ein und suchte, konnte den Go-Stein aber nicht greifen. Suchte ein zweites, ein drittes Mal. Auch die beiden Schwestern starrten ängstlich auf seine Hände.
»Ich glaube, es ist zwecklos.« Der Arzt führte die Zange von neuem ein, und wieder bekam er den Stein nicht zu fassen.
»Wißt ihr was? Ihr holt aus dem Ärztezimmer einen Go-Stein; den liefern wir ihnen aus und sagen: Da ist er! So wären wir jedenfalls schneller fertig. Vielleicht verschwindet er ja durch einen Zaubertrick, nicht wahr?« Der junge diensthabende Arzt meinte es witzig, stieß dabei aber einen aufrichtigen Seufzer aus.
»Was würden Sie denn von dem Trick halten, ihn mit Reis zu füttern, damit der Stein abgeht?«

fragte die ältere Schwester in einem gereizten Tonfall.

»Dann holt euch doch einen anderen Doktor!«

Auf diese unbekümmerte Antwort hin warfen die Schwestern einander ein süffisantes Lächeln zu. Sie ärgerten sich.

Der Arzt setzte noch einmal die Zange an: »Na, da ist er ja, der Problemstein«, sagte er, woraufhin selbst die Schwestern ein emsiges Interesse bezeigten und alle ringsum unwillkürlich und unbewußt den Mund aufsperrten. Dann, mit einem Blopp!, kam der Go-Stein zutage.

»Hier habt ihr ihn!«

Der Arzt, er hatte die Faßzange beiseite geworfen, packte den Stein mit einem Stück Gaze und hielt ihn hoch.

»Oh, wirklich!«

»Wie gut!«

»Nun laßt mal den Jungen wieder zu sich kommen«, sagte der Arzt.

»Ja, ja«, erwiderte die Hals-Nasen-Ohren-Schwester eilfertig und versuchte, das Kind hochzuheben. »Ho hopp!«

»Warten Sie, geben Sie mir den Burschen«, mischte ich mich ein, indem ich von der Seite her die Arme unter ihn schob. Darauf die Schwester: »Nanu, wo haben Sie denn plötzlich Ihre gute Laune wieder her?«

Der Junge war noch völlig verstört; als ich ihn hochnahm, zog er ein weinerliches Gesicht.

»Jetzt sei schon brav! Ist ja alles vorbei«, schaukelte ich ihn hin und her, und eben wollte ich mit ihm losgehen, da kam seine Mutter angelaufen, die bereits Bescheid wußte, so daß ich ihr den Jungen übergeben konnte.

»Oh, haben Sie vielen, vielen Dank, ich weiß gar nicht, wie ich Ihnen danken soll. Ich bin, glauben Sie mir, so glücklich. Hat's dir weh getan? Es hat nicht weh getan, nicht wahr?«

»Das ist er.«

»Aha«, erwiderte der Vater, als ihm der Arzt mit diesen Worten den Go-Stein zeigte, und er streckte die Hand danach aus; der Arzt allerdings schien die Übergabe zu vergessen, weshalb der Vater den Stein nur von ferne betrachtete. »Wie wahr, wenn es heißt, ein Bruchteil Frühlingsabend sei tausend Goldstücke wert . . .«

»Wasch mal den Stein sauber!« befahl der Arzt der einen Schwester.

»Nein, nein, lassen Sie ihn nur, wie er ist«, meinte der Vater, und indem er weitersinnierte: »Vielleicht aber ganz gut, daß es ein schwarzer war. Einen weißen Stein kriegt man nicht so leicht zu fassen.«

Der Arzt war ein wenig irritiert. »Demnach hätten Sie Schwarz gehabt?«

»Völlige Fehldiagnose! Es handelte sich um einen Strandstein. Ich hatte ihn dem anderen abgenommen.«

»Ich verstehe.« Der Arzt setzte ein gezwungenes Lächeln auf.

Der Vater nahm den Stein und hielt ihn dem Jungen vors Gesicht. »Das ist gefährlich, mein Sohn, das darfst du nie wieder tun, hörst du?« beschwor er ihn in einem geradezu todernsten Tonfall.

Ein Vater, der mit seinem Gast derart ins Go-Spiel

versunken ist, daß er nicht merkt, wenn sein Sohn einen Stein verschluckt, schien mir die weit größere Gefahr zu sein. Und so bekam diese stattliche Erscheinung von einem Vater in meinen Augen zuletzt etwas Komisches.
Auf dem Rückweg durch die Korridore waren auch die beiden Schwestern heiterer als zuvor.

Jetzt sitze ich wieder auf dem Stuhl im Nachtwachenzimmer, will weiter an dem Brief schreiben; doch zunächst einmal schließe ich die Augen, um zur Ruhe zu kommen.
Ich höre den Vater des Jungen sagen: »Es handelte sich um einen Strandstein. Ich hatte ihn dem anderen abgenommen.« Und ich sehe unseren Strand daheim im Dorf vor mir. Bald ist es Zeit, daß man den Wakame-Seetang trocknet.
Wenn wir hinterm Haus den Garten mit dem Kartoffelacker durchqueren und öffnen an dem hohen Bambuszaun das Törchen, liegt dahinter plötzlich das tief indigoblaue Meer. Der in der Morgendämmerung cremefarbene Sandstrand.
Aus dem Törchen tretend, versinken wir mit beiden Füßen in der Düne. Während wir vorsichtig über die blühenden Strandwinden steigen, und uns das Handtuch um den Kopf binden, gehen wir hinüber zu der Hütte, zerren die Strohmatten hervor und rollen sie aus.
Haben wir dann auch die Bambusnadeln zurechtgelegt, setzen wir uns, der eine hierhin, der andere dahin, schwatzen mit den Leuten am Strand und warten darauf, daß das erste zum Schneiden ausgelaufene Boot zurückkommt.

Sobald ein Boot an Land stößt, nimmt jeder seinen Korb, und wir gehen los.
Auch heute wieder füllt der dicke, grüne, glitschige Wakame-Tang die Körbe bis zum Rand. Wir nehmen Pflanze für Pflanze heraus, schneiden mit dem Daumennagel das Wurzelgeflecht ab und breiten sie so zum Trocknen aus, daß sie nirgends aufeinander zu liegen kommen.
Dies Jahr möchte ich zur Wakame-Ernte nach Hause fahren. Aber wer weiß, vielleicht werde ich davor schon in ein Feldlazarett versetzt.
In unserer Provinzzeitung hieß es, Liebesgabenpakete mit frischem Wakame-Seetang seien geeignet, die von Landsleuten aus der Heimat gebildeten Truppenteile zu beglücken.
Sollte ich an die Front kommen, werde ich mir von zu Hause Wakame-Tang schicken lassen, um daraus wohlschmeckende Gerichte nach heimatlicher Art zuzubereiten und sie an die Verwundeten zu verteilen, wobei ich ihnen vom Frühling an der Japan-See erzähle.
Das war heute wieder ein schöner Tag.

Wasser

Bald nachdem sie als frisch Angetraute aus der Heimat eingetroffen war, wurde ihr Mann auf eine Wetterstation in die Xingan-Berge versetzt. Darüber, daß man hier das Wasser kaufen mußte, nämlich für sieben Sen pro Ölkanister, entsetzte sich die Frau am meisten. Es war ein trübes, schmutziges Wasser. Die Vorstellung, sich damit den Mund zu spülen oder den Reis zu waschen, verursachte ihr Übelkeit. Innerhalb der ersten sechs Monate nahmen Laken und Wäsche eine gelbe Farbe an. Überdies froren in jenem Jahr die Brunnen schon Anfang Dezember zu bis auf den Grund. Da brachte der Kuli von irgendwoher Eisblöcke herbei. Dann und wann, aber das brauchte viel Zeit, richtete sie aus dem Eis ein heißes Bad. Das war alles andere als Luxus: sich jetzt wenigstens die Knochen des erstarrten Körpers wärmen zu können; und wie an einen fernen Traum erinnerte sie sich an das Badebecken in der Heimat, wo sie, das blütenweiße Tuch in Händen, bis zu den Schultern eingetaucht und ihre Arme und Beine in dem warmen Wasser so schön anzuschauen gewesen waren.

»Ach, entschuldigen Sie, wenn Sie ein wenig Wasser übrig hätten, nur ein wenig . . .«, kam die Nachbarin herüber, sie hatte eine kleine irdene Teekanne dabei. »Ich habe endlich mal wieder die

Töpfe geputzt, und plötzlich, ich habe nicht aufgepaßt, war alles fort.«
Wasser war keines mehr da, aber die Frau hatte Tee aufgegossen; den teilte sie mit ihr.
»Ich wollte, es würde bald Frühjahr und ich könnte beim Wäschewaschen so richtig nach Herzenslust herumplantschen. Was für ein herrliches Gefühl, wenn man das Wasser einfach wegkippen kann!« sagte die Nachbarin. Hoffnung einer Frau aus dem an klarem, kaltem Wasser reichen Mutterland. Ungeduldig wartete sie auf die Schneeschmelze. Schwappte dann das Wasser aus dem Zuber heraus, würde es sich bereitwillig von der Erde aufsaugen lassen. Und das erste, was aus dieser Erde hervorbräche, wären die Triebe des Löwenzahns.
Als sie die Nachbarin ins Bad hatte steigen lassen, kam der zur nördlichen Landesgrenze fahrende Zug das Tal herauf. Zeit für die Nachrichten. Sie hörten Meldungen von der Lage an der Südfront.
»Was ist das riesig groß!« sagte mit sanfter Stimme die ins Bad eingetauchte Nachbarin. Sie hat recht, dachte die Frau, selbst die Wetterstation meines Mannes in den Xingan-Bergen und der Himmel über der Südsee sind miteinander verbunden; das ist das jetzige Japan.
Sie trat hinaus vor das als Dienstwohnung geltende Haus. Von den kleinen Zweigen der Lärchen stiebten klirrend die Rauhreifkristalle; es war wie das Fallen der Kirschblüten. Der wolkenlos blaue Himmel erinnerte sie an das Meer daheim. Zu ihm hob sie ihre jungen Augen auf.

Ihr Zuhause

Immer wenn Kinuko überlegte, ob sie in ihr Elternhaus zurückkehren sollte, mußte sie daran denken, wie einst die ältere Schwägerin heim in ihr Dorf gegangen war.

In der Berggemeinde, aus der die Schwägerin stammte, war es Brauch, die in fremde Orte eingeheirateten Töchter aus dem Dorf jedes Jahr am einunddreißigsten Januar zu einem »Reiskloßessen« zusammenzurufen und ihnen dabei die Klöße in einer roten Mungobohnensuppe zu servieren. Eine Erinnerung vermutlich an den alten Brauch der Neujahrsbohnensuppe.

»Willst du wirklich gehen, auch bei diesem Schneetreiben?« hatte Kinukos Mutter die Schwiegertochter gefragt, um ihr dann, als sie dennoch mit dem Kind auf dem Rücken losgestapft war, ein wenig verärgert nachzuschauen. »Ich möchte nur wissen, was sie daran so freut. Hat ein Kind und ist selber noch ein Kind ... Besser, sie würde sich bei uns bald richtig heimisch fühlen.«

»Ich jedenfalls«, hatte Kinuko da erwidert, »ich werde für immer an diesem Zuhause hängen, auch wenn ich einmal weit weg verheiratet bin. Würde ich mich nicht darauf freuen wiederzukommen, wärst du bestimmt traurig.«

Im Krieg, bei den wenigen Männern im Dorf, war die Schwägerin eine so tüchtige Arbeiterin, daß man sie in die mobile Feldbestellungsbrigade der Frauen aufnahm. Kinuko hingegen führte, seit sie in die Stadt geheiratet hatte, ein körperlich zwar durchaus bequemes, sonst aber recht erbärmliches Leben, dem es an allen Enden mangelte. Ja, wenn sie jetzt vor ihrem inneren Auge die Schwägerin sah: trotzig über die vom Schnee verwirbelten Bergpfade dahineilend zum Haus ihrer Geburt, da hätte sie ihr gern ein »Halte aus!« und »Nun erst recht!« zurufen mögen.

Vier Jahre später kehrte Kinuko in ihr Elternhaus zurück; am Morgen erwachte sie von dem Geklapper, das die Schwägerin in der Küche verursachte. Bis dicht an die weiße Mauer des Nachbarhauses drängte sich der Berg heran. Die Erinnerungen überkamen sie, lebendig wie je. Am Hausaltar sprach sie mit ihrem toten Vater. »Ich bin glücklich«, sagte sie, und dabei stiegen ihr verstohlen die Tränen in die Augen.

Dann ging sie und weckte ihren Mann.

»Ah, das also ist dein Zuhause«, meinte er, während er sich, noch liegend, in dem altertümlichen Zimmer umsah.

Ihre Mutter saß schon vor dem Frühstück da und schälte eine Unmenge von Äpfel und Birnen; als der Schwiegersohn protestierte: nun sei es aber genug, drohte sie ihm mit den Worten: »Keine Widerrede! Du ißt mir soviel, daß du dich für immer erinnerst!« Und ihre Enkel, die bereits die ganze Zeit über darauf hofften, etwas abzubekommen, zankte sie aus. Kinuko betrachtete ihren von den drei kleinen Neffen und Nichten umringten, als Onkel akzeptierten Mann, beobachtete seine ruhige Art, darauf zu reagieren, und sie war vergnügt wie lange nicht.

Ihre Mutter hatte inzwischen das Baby auf den Arm genommen und war vors Haus getreten. »Schaut her«, rief sie voller Stolz den Nachbarn zu, »Kinukos Kind ist schon so groß!«

Die Schwägerin war, weil sie Kinuko die Briefe des Bruders von der Front zeigen wollte, aufgestanden, und plötzlich spürte Kinuko, wie sich in dem ihr zugewandten Rücken der Schwägerin nicht nur das Alter ausdrückte, sondern zugleich auch, was sie erstaunte, die unerschütterliche Würde dessen, der endgültig ein Mitglied des Hauses geworden ist.

Der Rotpflaumenbaum

Unter der Decke des Kotatsu-Stövchens einander gegenübersitzend, blickten Vater und Mutter auf die ersten zwei, drei rosaroten Blüten, die draußen am alten Pflaumenbaum aufgegangen waren, und stritten sich.

Der Rotpflaumenbaum habe in all den Jahrzehnten immer von denselben unteren Zweigen her zu blühen angefangen; seit sie als junge Frau in das Haus gekommen sei, habe sich dieser alte Baum insofern nicht im geringsten verändert. Erklärte der Vater. Hierauf die Mutter: Daran könne sie sich nicht erinnern. Daß sie seiner Ergriffenheit nicht zuzustimmen vermochte, schien ihn zu erbittern. Sie habe, seit sie hier sei, nie die Zeit gehabt, die Pflaumenblüte zu betrachten. Sagte die Mutter. Weil sie, erwiderte der Vater, ihre Tage einfach so dahingelebt habe. Offenbar war seine Empfindung davon, wie kurz im Vergleich zu dem hohen Alter des Pflaumenbaums das menschliche Leben sei, bereits wieder im Schwinden begriffen.

Dann kamen sie irgendwie auf die Neujahrskuchen zu sprechen. Der Vater meinte, er habe die Kuchen am zweiten Neujahrstag in der »Fūgetsudō« gekauft; hingegen beharrte die Mutter darauf: dies sei keineswegs so gewesen.

»Schau mal, ich habe den Wagen vor der Konditorei ›Meiji‹ warten lassen, um anschließend zur ›Fūgetsudō‹ hinüberzufahren. Nun ja, tatsächlich habe ich wohl bei beiden gekauft.«

»In der Konditorei ›Meiji‹ hast du gekauft, das ist wahr ... Aber nie, seit ich in diesem Haus bin, habe ich es erlebt, daß du irgend etwas in der ›Fūgetsudō‹ gekauft hättest.«

»Ach, übertreib doch nicht!«

»Wenigstens habe ich nichts davon abbekommen.«

»Jetzt tu mal nicht so! Natürlich hast du zu Neujahr mitgegessen. Ich weiß genau, daß ich welche gekauft habe.«

»Nein, das ist zu arg! Solch einen Unsinn zu reden ... Da muß einem ja richtig unheimlich werden.«

»Hm, laß mich überlegen ...«

Das alles hörte die Tochter, die in der Küche das Mittagessen bereitete. Sie kannte die Wahrheit. Aber einmischen mochte sie sich nicht. Lächelnd stand sie am Herd.

»Ich werde sie doch mit nach Hause gebracht haben, oder?«

Daß der Vater in der »Fūgetsudō« welche gekauft haben könnte, soviel zumindest schien die Mutter inzwischen einzuräumen. »Nur habe ich nichts davon gesehen.«

»Ich denke, ich habe sie mitgebracht ... oder sollte ich sie im Wagen vergessen haben?« Offensichtlich begann auch das Erinnerungsvermögen des Vaters zu wanken.

»Aber wo! ... Und selbst wenn du sie liegengelassen hättest, der Fahrer würde sie gewiß bei uns abgeliefert haben. Sowas nimmt einer doch nicht einfach mit. Zumal es sich um einen Firmenwagen gehandelt hat.«

»Ja, nicht wahr?«

Die Tochter verspürte ein leichtes Unbehagen. Seltsam, daß die Mutter das alles vergessen hatte; seltsam auch, daß der Vater angesichts ihrer Behauptungen allmählich sein Selbstvertrauen verlor.

Er war am zweiten Neujahrstag mit dem Wagen ausgefahren und hatte in der »Fūgetsudō« eine Menge Reisküchlein gekauft. Und die Mutter hatte mit davon gegessen.

Eine Weile schwiegen die beiden, dann plötzlich schien sich die Mutter zu erinnern. Mit der größten Selbstverständlichkeit sagte sie: »Ach, ich weiß, du hattest Reisküchlein gekauft. Stimmt's?«

»Allerdings.«

»Solche Nachtigallenküchlein. Doppelseitig gebackene. Wir hatten soviele davon, daß wir uns kaum retten konnten.«

»Allerdings. Und ich hatte sie gekauft.«

»Daß es aber so billige Kuchen in der ›Fūgetsudō‹ überhaupt zu kaufen gibt!?«

»Gibt es. Allerdings.«

»Ja, richtig. Und dann haben wir sie jemandem geschenkt. Ich hab sie noch in Papier eingewikkelt ... na, wem haben wir sie doch gleich geschenkt?«

»Das war es. Wir haben sie weggegeben.«

Die Stimme des Vaters klang, als hätte sich ein Krampf in seinen Schultern gelöst, und schnell setzte er hinzu: »An Fusae, oder nicht?«

»Wahrscheinlich. Ja, es könnte Fusae gewesen

sein. War es auch. Ich hab noch zu ihr gesagt, sie soll die Kinder nichts davon sehen lassen. Hab sie ihr heimlich eingepackt.«

»Ich bin ganz sicher, daß es Fusae war.«

»Und ob. Ohne jeden Zweifel. Sie ist es gewesen.«

Beider Tonfall war um einiges ruhiger geworden. Das Gefühl der Einmütigkeit befriedigte jeden auf seine Weise.

Dennoch sah auch hier die Wahrheit anders aus. Sie hatten die Kuchen nicht dem früheren Hausmädchen Fusae geschenkt, sondern dem kleinen Jungen des Nachbarn.

Die Tochter wartete: würde es, wie vorhin, der Mutter am Ende doch noch einfallen? Doch aus dem Teezimmer war in der Stille nur das Summen des eisernen Kessels zu hören.

Als die Tochter das Mittagessen hereintrug und auf den Tisch über dem Kotatsu-Stövchen stellte, fragte der Vater: »Sag, Yoshiko, hast du das Gespräch eben mit angehört?«

»Ja.«

»Es ist schon ein Elend, wie sehr sich bei deiner Mutter das Alter bemerkbar macht. Sie wird nur immer eigensinniger. Yoshiko, sei du ihr Gedächtnis!«

»Ich frage mich«, warf die Mutter ein, »wie es da mit deinem Vater steht ... wenngleich heute bei der ›Fūgetsudō‹-Geschichte ich die Unterlegene war.«

Die Tochter wollte die Sache mit Fusae zur Sprache bringen, ließ es aber schließlich doch sein.

Das war zwei Jahre, bevor der Vater starb. Er hatte einen leichten Gehirnschlag erlitten und war danach kaum noch in die Firma gefahren.

Der alte Pflaumenbaum fing auch später stets von den unteren Zweigen her zu blühen an. Oft erinnerte sich die Tochter dann des »Fūgetsudō«-Gesprächs der beiden. Doch versuchte sie nie, mit der Mutter darüber zu sprechen. Ihr schien, sie hätte es längst vergessen.

Die Tabi-Socken

Warum meine ältere Schwester, die doch sonst ein so sanfter Mensch gewesen war, auf solche Weise sterben mußte, ich weiß es nicht.

In der Abenddämmerung bewußtlos geworden, krümmte sie sich plötzlich zurück und schüttelte wie wild die ausgestreckten, geballten Fäuste. Als auch das aufhörte, schien ihr Kopf nach links vom Kopfkissen gleiten zu wollen. Da kam aus ihrem halbgeöffneten Mund gemächlich ein weißer Spulwurm gekrochen.

Seither habe ich von Zeit zu Zeit das seltsame Weiß dieses Wurms deutlich vor Augen. Dann versuche ich, meine Erinnerung auf weiße Tabi-Socken zu lenken.

Wir waren dabei gewesen, meiner älteren Schwester allerlei in den Sarg mitzugeben. »Und die Tabis, Mama?« fragte ich, »laß uns auch ihre Tabis hineintun.«

»O ja, die haben wir vergessen. Dabei hat das Kind so schöne Füße gehabt.«

»Aber Größe neun! Daß du sie nicht mit deinen oder meinen verwechselst«, setzte ich besorgt hinzu.

Daß ich von den Tabis sprach, kam natürlich von Schwesters kleinen und schönen Füßen, aber auch von einer mit den Tabis verknüpften Erinnerung.

Es war im Dezember meines zwölften Jahres gewesen. Damals gab es in der nahen Stadt eine große Filmschau, mit der für Isami-Tabis geworben wurde, und die durch die Straßen ziehende Musikkapelle mit ihren roten Bannern kam auch heraus bis in unser Dorf. Da es nun hieß, unter den vor der Kapelle verstreuten Reklamezetteln befänden sich welche mit Eintrittskarten, liefen wir Dorfkinder hinter dem Umzug her und sammelten die Zettel auf. In Wahrheit war es aber so, daß die an den Tabi-Socken haftenden Etiketten als Eintrittskarten galten. In jenen Tagen hatte man auf den Dörfern außer zu den Schreinsfesten oder zu O-Bon kaum einmal Gelegenheit, einen Film zu sehen. Also wurden eine Menge Tabis verkauft.

Ich hatte einen Zettel aufgelesen, auf dem ein Mann im Stile eines populären Schwerenöters abgebildet war. Abends ging ich in die Stadt und stellte mich dort beizeiten vor der Theaterbude an. Wenn es aber nun doch umsonst gewesen wäre? Ich kroch vor Angst in mich zusammen.

»Was willst du denn damit?« lachte man mich am Eingang aus, »das ist nur ein Reklamezettel!« Mit hängendem Kopf kehrte ich nach Hause zurück; indessen brachte ich es nicht fertig, hineinzugehen, und so blieb ich draußen am Brunnen stehen. Ein Gefühl unendlicher Verlorenheit durchdrang mich. Nach einer Weile kam meine Schwester mit dem Eimer zum Wasserschöpfen. Sie legte mir den Arm um die Schulter. Sie ließ mich erzählen, und sie schlug beide Hände vors Gesicht. Woraufhin sie den Eimer abstellte, um mir Geld zu holen. »Nun lauf!« sagte sie, »aber schnell!«

Als ich mich an der Straßenecke umdrehte, stand sie da und sah mir nach. Ich rannte, was ich konnte. In der Stadt im Tabi-Geschäft fragte man mich: »Was hast du für eine Größe?« Und weil ich, verwirrt, nicht zu antworten wußte: »Na, zieh doch die aus, die du anhast und schau nach!«

Auf den Verschlußknebeln stand: Größe neun.

Nach der Rückkehr überließ ich die neuen Tabis meiner Schwester. Sie hatte gleichfalls Größe neun.

Ungefähr zwei Jahre später, unsere ganze Familie war nach Korea übergesiedelt, wohnten wir in Seoul. Ich ging in die dritte Klasse der Mädchenschule, da begannen sich auch meine Eltern darüber besorgt zu zeigen, daß ich, wie es hieß, ein allzu vertrauliches Verhältnis zu unserem Lehrer Mitsuhashi hätte, und es wurde mir verboten, ihn zu besuchen. Der Lehrer litt an einer sich zunehmend verschlimmernden Erkältung, wir hatten noch nicht einmal die jahreszeitliche Abschlußprüfung gehabt.

Kurz vor Weihnachten war ich mit meiner Mutter in der Stadt; dabei kaufte ich, um für meinen Lehrer ein Geschenk zu haben, einen Zylinderhut aus knallroter Atlasseide. Im Hutband steckten einige Osmanthusblätter mit den roten Früchten dazu. Die Füllung bestand aus Pralinen, die in Silberpapier eingewickelt waren.

Als ich in der Geschäftsstraße die Buchhandlung betrat, traf ich meine ältere Schwester. Ich zeigte ihr das Päckchen mit dem Zylinderhut: »Rat mal, was das ist! Ein Präsent für Lehrer Mitsuhashi.«

»Aber du solltest doch damit aufhören«, warf sie

mir mit leiser Stimme vor. »Man hat es dir ja wohl auch in der Schule gesagt, oder?«
Mein Glücksgefühl erlosch. In diesem Augenblick zum erstenmal spürte ich, daß wir, meine Schwester und ich, zwei völlig verschiedene Menschen waren.
Ich stellte den roten Zylinderhut daheim auf meinen Schreibtisch; dort stand er, und Weihnachten ging vorüber. Gegen Jahresende, am dreißigsten Dezember, war der Hut verschwunden. Ich hatte das Gefühl, nun wäre auch der letzte Schatten meines Glücks verflogen. Warum jedoch, das mochte ich selbst meine Schwester nicht fragen.
Am Abend des folgenden letzten Tages des Jahres nahm mich meine Schwester auf einen Spaziergang mit. »Die Pralinen habe ich, damit du es weißt, dem Lehrer Mitsuhashi als Opfergabe dargebracht. Es sah hübsch aus, als ob ein roter Edelstein unter die weißen Blumen geraten wäre. Ich bat darum, sie ihm in den Sarg mitzugeben.«
Daß der Lehrer Mitsuhashi gestorben war, davon hatte ich keine Ahnung gehabt. Solange der rote Zylinderhut auf meinem Schreibtisch gestanden hatte, war ich nicht mehr ausgegangen. Und offensichtlich hatte jeder im Haus den Tod des Lehrers vor mir geheimgehalten.

Nur zweimal habe ich bisher Toten etwas in den Sarg mitgegeben: hier den roten Zylinderhut und da die weißen Tabis. Übrigens, auch der Lehrer Mitsuhashi, heißt es, sei in dem billigen Quartier auf einer dünnen Matratze liegend einen qualvollen Tod gestorben, mit einem so wilden Keuchen in der Kehle, daß es ihm die Augen aus den Höhlen getrieben habe.

Und ich, die Überlebende, versuche dahinterzukommen: was könnte zwischen einem roten Zylinderhut und weißen Tabi-Socken gewesen sein?

Sommer und Winter

1.

Der Tag, an dem es hieß, heute endet das O-Bon-Fest, fiel auf einen Sonntag.
Gleich am Morgen war ihr Mann auf den Sportplatz der Mittelschule gegangen, um sich das Festival der Baseball-Amateure aus der Stadt anzusehen. Zum Mittagessen war er kurz zurückgekommen und dann wieder ausgegangen.
Allmählich müßte sie an die Beilagen fürs Abendessen denken, fiel es Kayoko ein; da schoß ihr eine seltsame Erinnerung durch den Kopf. Den baumwollenen Yukata nämlich, den sie heute trug, hatte einst eine Kleiderpuppe in einem Schaufenster in der Nähe ihres Elternhauses getragen.
Es war ein Schaufenster gewesen, an dem sie, solange sie arbeiten ging, Tag für Tag auf dem Weg hin und zurück zwischen Elternhaus und der Haltestelle der Elektrischen vorbeikam; dort hinter der Glasscheibe hatte jene Puppe ganz allein gestanden.
Die Puppe hatte zwar von Jahreszeit zu Jahreszeit etwas anderes angehabt, ihre Haltung war aber dabei stets unverändert geblieben. Das sah schon eher nach Vorstadt aus. Ja, die zu immer derselben Haltung verdammte Puppe hatte Kayoko richtig leid getan.
Vom täglichen Anschauen jedoch war es Kayoko

nach und nach so vorgekommen, als wäre der Gesichtsausdruck der Puppe jedesmal ein anderer. Eine Zeitlang hatte sie sich eingebildet, ihre eigenen inneren Gefühlsregungen spiegelten sich im Ausdruck der Puppe wider. Schließlich war sie dahin gelangt, daß sie im Gegenteil aus dem Mienenspiel der Puppe auf ihre eigene Stimmung an dem jeweiligen Tage schloß. Also begann sie, das Gesicht der Puppe wie ihr morgendliches und abendliches Orakel zu betrachten.
Als ausgemacht war, daß sie heiraten würde, kaufte sich Kayoko den Yukata, den die Schaufensterpuppe trug. Gleichsam um ein Andenken zu haben.
Und Kayoko erinnerte sich gut, erinnerte sich an das Helle wie an das Dunkle, das damals von Tag zu Tag wechselnd in ihrem Herzen gewesen war.
Im grellen Schein der Nachmittagssonne, den Yukata-Saum hinten hochgesteckt, das Gesicht unterm Strohhut puterrot, kam ihr Mann nach Hause.
»Oh, ist das heiß! Mir saust es nur so im Kopf.«
»Du bist ja schrecklich verschwitzt; geh schnell und nimm ein Bad!«
»So? Meinst du?«
Er schien zwar keine rechte Lust zu haben, aber nachdem ihm Kayoko Handtuch und Seife aufgenötigt hatte, machte er sich auf den Weg ins öffentliche Badehaus.
Kayoko fühlte sich gerettet; war sie doch eben dabei gewesen, die Auberginen auf dem Drahtrost zu grillen. Normalerweise pflegte ihr Mann die Deckel von den Töpfen zu heben, den Fliegenschrank zu

öffnen, oder, schlimmer noch, sich neben sie zu stellen und ihr einen detaillierten Vortrag darüber zu halten, wie die Auberginen zu braten wären. Und dabei bemerkte er offensichtlich nicht, daß sie solche Belehrungen verabscheute.
Als ihr Mann aus dem Bad zurückkehrte, warf er Handtuch und Seife beiseite und streckte sich im Wohnzimmer wie zusammenbrechend der Länge nach auf dem Boden aus. Sein Gesicht war noch röter als zuvor, er atmete schwer. Kayoko brachte ihm ein Kopfkissen, und da erst begriff sie seinen Zustand.
»Soll ich dir den Kopf kühlen?«
»Hm.«
Sie drückte das Handtuch aus und legte es ihm auf die Stirn, sie schob, damit ein frischer Luftzug entstünde, sämtliche Schiebetürteile nach einer Seite zusammen, holte den großen rotbraunen Fächer aus der Küche und bewegte ihn vor ihm auf und ab.
»Es reicht. Hör schon auf mit dem hastigen Gewedel!«
Er hatte beide Hände auf die Brust gelegt, zwischen seinen Brauen standen tiefe Falten.
Vorsichtig legte Kayoko den Fächer beiseite und ging Eis kaufen. Sie füllte einen Eisbeutel.
»Eis?! Nein, das ist viel zu kalt!«
Doch leistete er keinen Widerstand und ließ es mit sich geschehen.
Nach einiger Zeit trat er hinaus auf die Veranda und erbrach sich. Es war eine schaumig weiße Flüssigkeit. Kayoko brachte ihm ein Glas Salzwasser, aber er, ohne sich zu ihr umzuwenden, warf sich wieder rücklings auf den Boden.

»Iß du nur. Du wirst hungrig sein.« Die Röte war aus seinem Gesicht gewichen, schrecklich bleich sah er aus. »Was ich da eben erbrochen habe, mußt du mit einem Eimer Wasser wegspülen«, sagte er noch, dann begann er ruhiger zu atmen und nickte ein.

Eine Weile betrachtete Kayoko das Gesicht ihres schlafenden Mannes. Hierauf machte sie sich, möglichst geräuschlos, allein ans Essen. Aufs Blechdach schlugen einzelne Regentropfen, bald ging prasselnd ein Abendschauer nieder.

»He, hinten hängt ja, glaube ich, noch Zeug zum Trocknen, oder?« sagte ihr Mann, den der Regen geweckt hatte. Kayoko ließ verwirrt die Eßstäbchen fallen. Und als sie mit der Wäsche zurückkam, meinte er: »Die Flasche mit dem übrigen Reiswein wirst du hoffentlich zugepfropft haben . . .«

Auch das hatte sie vergessen.

Ihr Mann tat, mit verächtlicher Miene, einen tiefen Seufzer und schloß erneut die Augen.

An einem schwarzen Tag geht alles schief. Nachts wurde Kayoko davon wach, daß es sie juckte; eine Mücke schien unterm Moskitonetz zu sein. Sie schaltete das Licht an, im Bett sitzend hoffte sie, die Mücke werde sich ihr nähern, doch sie ließ sich nicht blicken. Kayoko langte nach dem Fächer und wedelte damit jeden Winkel aus, ohne freilich die Mücke zu entdecken. Es sollte vielleicht besser dunkel sein, überlegte sie und löschte das Licht; bald darauf, nachdem sich die Mücke auf ihre Stirn gesetzt hatte, schlug sie zu und zerquetschte das Insekt. Bei all dem hatte sie sich bemüht, nur ja nicht den Schlaf ihres Mannes zu stören.

Da sie selbst aber einmal wach war, erhob sie sich und trat auf die Veranda hinaus, wofür sie die Glastür leise einen Spalt breit öffnete.
Es mußte eine Mondnacht sein; trotz der Wolken herrschte eine dämmrige Helle.
»He! Warum schläfst du nicht? Morgen früh kommst du dann wieder nicht hoch«, schrie ihr Mann vom Bett her. Und als Kayoko unters Moskitonetz kroch: »Du hast wohl geweint?«
»Ich und weinen?«
»Na, vielleicht täte es dir gut zu weinen.«
»Warum sollte ich?«
Ihr Mann wälzte sich herum und drehte ihr den Rücken zu.

2.

Die Austern am Abend zuvor mochten nicht mehr frisch gewesen sein, jedenfalls tat Kayoko der Bauch weh, weshalb sie auf dem noch immer ausgebreiteten Bett ihrem Mann gegenüber vor dem Holzkohlebecken lag.
Sie hatte wieder einmal die Geschichte von ihm und Michiko hören wollen, hatte ihn mit einiger Hartnäckigkeit danach gefragt. Und er erzählte, langsam und in einem ruhigen Tonfall.
»Nun ja, daß Michiko in mich verliebt ist, das hab ich gemerkt, als ich sie irgendwann fragte: ›Allmählich, Mitchan, bist du in dem Alter, daß ich dich mit jemandem zusammenbringen sollte; aber was für einen Mann magst du denn?‹ Es muß, denke ich, gewesen sein, als sie mir mal ein Omelett gebacken hat. Nur hat sie nicht geantwortet. ›He!‹ habe ich gesagt, ›wenn du schweigst, erfahr ich's nie.‹ Dar-

aufhin sie, immer mit abgewandtem Gesicht: ›Am liebsten einen wie dich.‹ Und das wie aus der Pistole geschossen. ›Einen wie mich? Wo ich so ein Säufer bin?‹ ›Soviel wie du darf er gerne trinken.‹ Dann rannte sie husch! die Treppe hinauf . . .«

Kayoko kannte die Geschichte längst, aber sie gefiel ihr. Michiko war eine jüngere Cousine ihres Mannes.

Auch jetzt lenkte diese Geschichte sie ein wenig von ihren Bauchschmerzen ab. »Und was empfandest du für Michiko?«

»Gar nichts. Schließlich ist sie meine Cousine.«

»Da läßt du dir das von einer so hübschen Person sagen, und es rührt dich nicht. Wie kaltherzig du bist!«

»Sie war mir von der Statur her zu schwach. So eine wollte ich nicht haben. Und wozu sollte es taugen, Gefühle für eine Frau zu entwickeln, die ich doch nicht zu heiraten gedachte?«

»Und was wurde aus dem Omelett, das Michiko dir backen wollte?«

»Aus dem Omelett? Frag doch nicht so dumm! Jedenfalls hab ich's gegessen, nicht wahr?«

Vermutlich hatte er, dicht neben ihr stehend, Michiko einen Vortrag über Omeletts gehalten; deshalb wäre es durchaus möglich gewesen, daß er sich, nachdem Michiko die Treppe hinauf verschwunden war, das Omelett selber gebacken hätte. Eine Vorstellung, bei der sich Kayoko herrlich amüsierte.

»Du solltest lieber daran denken, daß du dich, wenn du noch einzukaufen hast, ein bißchen eilst«, sagte ihr Mann. »Es ist schon vier Uhr.«

Plötzlich heulte der Winterwind in Kayokos Ohren. Der Bauch tat ihr weh.
Wie grausam, dachte sie; obwohl er weiß, daß es mir schlecht geht, schickt er mich hinaus in die eisige Kälte. Ist es denn so schwer, zwischen meinem Lachen über seine Geschichten einerseits und andererseits meinem für einen Einkauf viel zu schwachen Zustand zu unterscheiden?
Unterwegs von Geschäft zu Geschäft überkam Kayoko der Schüttelfrost, eine Weile kauerte sie zusammengesunken in einer engen Gasse.
Offensichtlich mit derselben Grausamkeit ist er damals, dachte sie, vor Michikos Zuneigung kurzerhand zurückgewichen. Dabei konnte Michiko noch von Glück sagen; sie hatte diesem Menschen gegenüber ja nur ein einziges Mal naiv und ungelenk ihre Gefühle zum Ausdruck gebracht. Irgendwann, wer weiß, würde die Zeit kommen, da auch ihr Mann begriffe, daß ihn außer Michiko keine je geliebt hatte. Wahrscheinlich lag das in seiner Art.
Als sie endlich zu Hause anlangte, war ihr Mann ins öffentliche Bad gegangen.
Hinten in der Küche lief ihr wie von einem Guß kalten Wassers ein Frösteln über den Rücken. Und abermals die Schmerzen im Bauch. Da verzichtete sie darauf, das Abendessen vorzubereiten, und legte sich wieder ins Bett.
»Na, ist es schlimmer geworden?« rief, vom Bad zurück, ihr Mann herein. »Hast du dir einen Taschenwärmer gemacht?«
Kayoko schüttelte den Kopf. Da füllte er glühende Brennstäbchen in den flachen Behälter und brach-

te ihn ihr. Und weil sich Kayoko des Abendessens wegen besorgt zeigte, meinte er: »Um mich brauchst du dich nicht zu kümmern.« Dann ging er, indem er die Schiebetür hinter sich zuzog.
Aus dem Nebenzimmer war zu hören, wie er einfach den mit Tee übergossenen Reis hinunterschlürfte. Ich hatte doch alles zurechtgelegt, dachte sie, und er ist ein Mann, der über das Essen Vorträge halten kann; nur scheut er offenbar jede Mühe. Tatsächlich klangen die Eßgeräusche höchst desinteressiert.
Verglichen mit Michiko, wie sie sie aus dem Photoalbum kannte, besaß sie selbst, so überlegte Kayoko, keinerlei Vorzüge; da er sie aber ihrer körperlichen Zähigkeit wegen zur Frau genommen hatte, würde sie morgen natürlich wieder aufstehen. Gegenüber dieser ein wenig undeutlichen Absicht war allerdings aus dem Geräusch, mit dem er nebenan den eingemachten Rettich kaute, nicht die geringste Unsicherheit zu spüren.
Sein ein wenig lästiges Nörgeln war seit dem Sommer merklich schwächer geworden.

Sasa-Boote

Akiko stellte den Eimer neben die Stockrosen, dann holte sie Blätter von dem unter dem Pflaumenbaum wuchernden Sasa-Gras, machte daraus einige Boote und ließ sie auf dem Wasser im Eimer schwimmen.

»Sieh mal, lauter Schiffe! Die werden dir gefallen, nicht wahr?«

Der kleine Junge hatte sich vor den Eimer gekauert, er sah auf die Sasa-Boote. Dann blickte er zu Akiko auf und lächelte.

»Sind das aber feine Bootchen! Die hat sie dir geschenkt, weil du ein so gescheites Kind bist. Na, nun spiel mal schön mit unserm Besuch!« sagte die Mutter, indem sie sich umwandte und in den Salon zurückkehrte.

Sie war die Mutter von Akikos Verlobtem. Da sie, wie es schien, mit ihrem Vater etwas zu besprechen hatte, war Akiko aufgestanden und mit dem quengeligen Kind hinaus in den Garten gegangen. Es war der jüngste Bruder ihres Verlobten.

Der Junge langte mit seiner kleinen Hand in den Eimer und rührte im Wasser herum. »Jetzt machen die Schiffe Krieg!« schrie er und hatte seinen Spaß daran, wie die Sasa-Boote ziellos hin und her schossen.

Akiko trat ein Stück beiseite; sie nahm einen gewaschenen, noch klitschnassen Yukata und wrang ihn aus, um ihn hiernach auf die Trockenstange zu schieben. Der Krieg war längst zu Ende, aber ihr Verlobter kam nicht wieder.

»Krieg! Und noch mehr, noch mehr Krieg!« Immer wilder rührte der Junge in dem Wasser herum. Die Spritzer schlugen ihm ins Gesicht.

»Nein nein, das geht nicht. Du bist ja schon ganz naß im Gesicht«, hieß Akiko ihn damit aufhören.

»Och, dann fahren die Schiffe aber nicht.«

Wirklich, die Boote bewegten sich nicht mehr. Sie schwebten nur eben auf dem Wasser.

»Nun gut. Gehen wir hinter an den Bach. Dort werden sie tüchtig losschwimmen.«

Der Junge nahm die Sasa-Boote. Akiko goß das Wasser auf die Wurzeln der Stockrosen und brachte den Eimer in die Küche zurück.

Dort, wo der Bach in den Garten hereinkam, stellten sie sich auf die Trittsteine und setzten ein Boot nach dem anderen in die Strömung. Der Junge klatschte fröhlich in die Hände.

»Mein Schiff ist ganz vorn! Sieh mal, da!«

Um das Führungsboot nicht aus den Augen zu verlieren, rannte er am Bach entlang.

Rasch ließ Akiko die übrigen Sasa-Boote zu Wasser und folgte dem Jungen.

Da bemerkte sie, daß sie beim Laufen plötzlich mit der Ferse des linken Fußes die Erde berührte.

Akiko hatte Kinderlähmung gehabt; seitdem reichte ihre linke Ferse nicht mehr bis auf den Boden, sie war klein und weich. Dafür trat der Spann des linken Fußes hoch heraus. So hatte sie beim Seilhüpfen oder bei langen Ausflügen nie mitmachen können. Ja, sie war entschlossen gewesen, ihr

Leben allein und in der Abgeschiedenheit zu verbringen. Da kam es eines Tages zu der unerwarteten Verlobung. Und in der aus einem neuen Selbstvertrauen gespeisten Überzeugung, daß es ihr gelingen werde, ihre körperliche Behinderung zu kompensieren, begann sie sich mit einer Ernsthaftigkeit wie nie zuvor darin zu üben, die Ferse des linken Fußes beim Gehen auf den Boden aufzusetzen. Daraufhin war zwar unter dem Zehengurt der linken Geta-Sandale sogleich eine Schramme entstanden, doch Akiko hatte die Kasteiung unbeirrt fortgesetzt, um erst dann, als der Krieg verloren war, auf diese Übung zu verzichten. Es blieb, wie eine schreckliche Frostbeule, die Narbe von der Geta-Schramme auf dem Fuß.

Da der kleine Junge der Bruder des Verlobten war, bemühte sie sich also wieder, mit der linken Ferse aufzutreten. Seit wie langer Zeit!

Der Bach war nicht breit, und allerlei Gras hing ins Wasser, weshalb einige der Sasa-Boote hängengeblieben waren.

Gut zwanzig Schritte voraus hielt der Junge inne, er verfolgte das Dahingleiten seines Bootes mit angespannten Blicken, so daß er nicht bemerkte, wie sich Akiko ihm näherte. Und auch nicht sah, mit welcher Art zu gehen sie das tat.

Der Nacken mit der tiefen Grube glich, wollte es Akiko scheinen, dem Nacken ihres Verlobten, und kaum konnte sie an sich halten, so gern hätte sie den Jungen in ihre Arme genommen.

Da erschien die Mutter des Jungen. Sie bedankte sich bei Akiko, und als sie den Jungen dazu drängte, sagte dieser offen und geradeheraus: »Sayonara!«

War's nun wegen des Todes auf dem Schlachtfeld, oder hätte man nur einfach den Vertrag gebrochen? Akiko wußte es nicht. Am Ende war es wohl nicht mehr als die während des Krieges herrschende sentimentale Stimmung gewesen, die dazu verleitet hatte, ihr, der Hinkenden, die Ehe anzutragen.

Sie ging nicht zurück ins Haus, sondern sah sich den Neubau auf dem Nachbargrundstück an. Das Gebäude war größer angelegt als sonst die Häuser in dieser Gegend, und keiner kam vorbei, ohne neugierig davor stehenzubleiben. Den Krieg hindurch hatten die Arbeiten geruht, auf dem Platz mit dem Holzlager war das Gras hoch aufgeschossen. Aber neuerdings ging es mit dem Bau rasch voran. Am Tor hatte man zwei zarte Kiefern gepflanzt.

Auf Akiko wirkte dieses Haus so gar nicht gefällig, machte vielmehr einen eigensinnigen und verstockten Eindruck. Indessen war es ein Haus mit einer Vielzahl von Fenstern, der Salon zum Beispiel hatte Fenster nach allen vier Seiten.

In der Nachbarschaft gingen mancherlei Gerüchte darüber um, was wohl für Leute hier einziehen würden, aber niemand wußte Genaueres.

Nachwort

Die Erzählprosa des japanischen Nobelpreisträgers Yasunari Kawabata (1899-1972) ist in der Regel auch dort, wo es sich nach allgemeinem Verständnis um Romane handelt, von einer auffällig lockeren Struktur. Bilder und Szenen so gut wie innere Topographien der handelnden oder abgehandelten Figuren sind nicht auf ein bestimmtes Erzählziel hin fest miteinander verkettet; vielmehr befinden sie sich, den Teilen eines Calderschen Mobiles vergleichbar, in einem alle gerichteten Abläufe überhaupt aufhebenden, diffizilen Schwebeverhältnis: zwischen dem einen und dem anderen lediglich die leichte, noch dazu störanfällige Spannung der Balance, und jedes Stück zunächst bedeutsam in und für sich selber.

Kawabata gehörte zu jener Generation, die sich zu Anfang der zwanziger Jahre vom damaligen, hauptsächlich französischen Avantgardismus beeindruckt fühlte. 1924 gründete er mit einer Gruppe von Freunden die Zeitschrift »Bungei-jidai« (»Literarisches Zeitalter«); in dem Titel schwang etwas mit von westlichen Utopien, und tatsächlich gründeten auch diese jungen Japaner ihre Hoffnung darauf, daß von der Literatur, der vor allem durch den Futurismus zu freier Form und sprachlicher Unbeschränktheit erlösten Literatur, die Rettung der Menschheit zu erwarten sei. Andererseits lenkte die Betonung der Kurzformen sowie eines rhythmisch poetisierenden Stils auf Altjapanisches zurück, etwa auf die Prosa eines Ihara Saikaku (1642-1693) oder, wie der fünfundzwanzigjährige Kawabata gestand, auf das »Kopfkissenbuch« der Dame Sei Shōnagon (10. Jahrhundert). Manche verfaßten »Zehn-Zeilen-«, »Zwanzig-Zeilen-Erzählungen« oder »Ein-Blatt-Romane«, und dann publizierte ein im übrigen unbedeutender Autor zwischen Frühjahr und Sommer 1924 eine Serie von Kürzesttexten unter dem Titel »In den Handteller geschriebene Geschichten«. Kawabata reagierte sofort. Er war zuvor mit kürzeren, aber noch nicht bewußt in dieser knappen Form gehaltenen Erzählungen (darunter »Draußen in der Sonne«, dem ersten Stück der vorliegenden Auswahl) hervorgetreten; nun schrieb er in rascher Folge die »Prototypen« der neuen Gattung nieder: die witzige Farce, die anspielungsreiche Brieferzählung, das expressionistische Prosagedicht, die irreale Traumsequenz und immer wieder die präzise, gelegentlich ironisch gefärbte Notation scheinbar nebensächlicher Alltäglichkeiten. Hierauf aufbauend entstanden innerhalb der nächsten zwanzig Monate insgesamt fünfunddreißig dieser »Handtellergeschichten«, wie Kawabata die Prosatexte nun nannte; sie erschienen im Juni 1926 unter dem doppelsprachigen Titel »Kanjō-sōshoku – Décoration de sentiment« (»Die Ausschmückung des Gefühls«).

Jenes Jahr 1924 war für den an seinen Anfängen stehenden Erzähler Yasunari Kawabata entscheidend gewesen: im Frühjahr der Abschluß des Studiums der englischen, später der japanischen Literatur an der Kaiserlichen Universität Tōkyō, im Oktober das Erscheinen der ersten Nummer der »Bungei-jidai«; dazwischen, im September, die Veröffentlichung der ersten drei »Handtellergeschichten«. Im Dezember dann in der Zeitschrift »Shinchō« der Abdruck einer nur wenige Zeilen umfassenden Notiz, in der es unter anderem hieß: »In diesem Jahr, das spüre ich, habe ich menschlich und künstlerisch eine Menge begriffen. Mir ist daraus ein ruhiges Selbstvertrauen erwachsen. Ich ahne, daß ich neue Empfindungen, neue Ziele entdecken werde . . .« Die hier offenbarte Sicherheit mochte auf einem rasch erlernten äußeren Durchsetzungsvermögen, auf der daraus resultierenden Anerkennung gründen; wichtiger war, daß Kawabata über alle Experimente hinaus das auf ihn zugeschnittene Ausdrucksmittel gefunden hatte. In einem Aufsatz aus dem Jahre 1927 bemerkte er, für ihn besäßen die Handtellergeschichten als Prosa eine ähnliche Prägnanz wie in der Lyrik das Tanka und das Haiku, und er war überzeugt, durch sie werde einer neuen Gegenwartsliteratur der gleiche Zugang zu breiten Leserschichten eröffnet, über den jene Kurzgedichte herkömmlicherweise verfügen; so könnte in den Handtellergeschichten ein Feuerwerk aus allen Facetten modernen Lebens veranstaltet werden, um zu bewirken, daß sich die Lust am Schreiben verallgemeinere, die Zeit sich also in ein wirklich literarisches Zeitalter verwandele.

Die jüngste Geschichte nahm auch in Japan, wir wissen es, einen anderen Verlauf. In den mittleren dreißiger Jahren, während der wachsenden Militarisierung des Landes, hatte sich Kawabatas Literatur endgültig von der avantgardistischen Utopie entfernt; der Strom der Handtellergeschichten, deren Zahl bis 1933 auf dreiundneunzig angewachsen war, versiegte. »Die glückliche Niederkunft einer Hündin« von 1935 (S. 104 ff.), stilistisch vergleichsweise konventionell, aber deutlich eingebettet in den sich anbahnenden Rückzug des Autors nach innen, blieb ein Einzelstück. Andererseits begann Kawabata im Januar desselben Jahres mit der abschnittsweisen Veröffentlichung des Romans »Schneeland«, der ihm, auch international, den großen Durchbruch bringen sollte und der nun als erstes längeres Werk eben jene eingangs beschriebene, aus lockerer Zusammenfügung einzelner, noch fast selbständiger Teile entstehende Struktur aufwies: die in den Handtellergeschichten eingeübte Technik und Sichtweise war endgültig bestimmend geworden, und sie brachte denn auch das hervor, was man als das für Kawabata Typische bezeichnen kann, den eher lyrischen Gesamteindruck.

Gegen Ende des Krieges und dann von 1946 an, schrieb Kawabata noch einmal eine Reihe von Handtellergeschichten. Manche von ihnen machten nun wiederum den Eindruck, als handelte es sich um liegengebliebene oder ausgeschiedene Kapitel zu den Romanen, etwa zu »Ein Kirschbaum im Winter« (vorabgedruckt zwischen 1949 und 1954). Im übrigen ist die letztliche Gesamtzahl der Handtellergeschichten umstritten; japanische Literaturwissenschaftler geben bis zu 146 an. Im ersten Band der 1980 bis 1984 erschienenen fünfunddreißigbändigen Kawabata-Gesamtausgabe sind 122 Titel zusammengefaßt. Wir sind bei unserer Auswahl dieser Edition gefolgt.

Siegfried Schaarschmidt

Glossar

Abura-Zikade: graptopsaltria calorata; weitverbreitet ab Mitte Juli. Ihr heftiges Geschrill ist typisch für den japanischen Sommer.
Asakusa: Teil der Tōkyōer »Unterstadt«, mit dem berühmten Sensōji oder *Kannon-Tempel*; eines der alten Vergnügungszentren.

Fischhäutchen: Kondom.
Fūgetsudō: »Wind-und-Mond-Halle«; bekannte Konditorei-Kette, zu der die *»Meiji«*-Kette (benannt nach der M.-Ära 1868-1912) in Konkurrenz steht.
Furoshiki: meist gemustertes Vierecktuch aus Baumwolle, Seide oder Kunstfaser; dient, über Kreuz verknotet, zu verschiedenen handlichen Verpackungen.

Genroku-Kimono: aus der Genroku-Zeit (1688-1704) überlieferter, um 1905 erneut Mode gewordener Kimono-Schnitt mit weiten, runden Ärmeln.
Geta: Holzsandale mit Stegen an der Unterseite und einem zweigeteilten Zehenriemen.
Go: Brettspiel, mit knopfartigen schwarzen und weißen Steinen; unter bestimmten Umständen kann man die gegnerische Besetzung durch Wegnahme von *Strandsteinen* aufheben.

Hakuin: 1685-1768, Priester der Rinzai-Schule des Zen-Buddhismus.
Haori: halblanger Überwurf zum Kimono.
Herbstwindweib: siehe Kyōka.
Honjo: alte Bezeichnung für ein Tōkyōer Stadtviertel auf dem Ostufer des Sumida-Flusses.

Ishihama Kinsaku: 1899-1968, Erzähler und literarischer Freund Kawabatas, ebenso wie *Suzuki Hikojirō* (1898-1975), *Suga Tadao* (1899-1942), *Ozaki Shirō* (1898-1964) und *Takeda Rintarō* (1904-1946).
Iwata-obi: Leibbinde, die zur Vermeidung eines Aborts vom »Tag des Hundes« im vierten (oder fünften) Schwangerschaftsmonats an getragen wird; im Volksglauben steht »Hund« für »leichte Geburt«. »Iwata«, heute mit den Schriftzeichen für »Felsgestein« und »Feld« geschrieben, hat nach der phonetischen Wurzel vermutlich die Bedeutung »den Leib in Ordnung (geschlossen) halten«; siehe auch *Obi*.

Jizō-Bodhisattva: sanskr. »Ksitigarbha«; wird angerufen, um eine glückliche Reise oder das gesunde Heranwachsen der Kinder zu gewähren. Häufig als meist kleinere Statuen an Straßen oder Gräberfeldern.

Kaki: gelbliche Frucht des gleichnamigen Ebenholzgewächses, sehr saftig und süß.
Koreaner: seit der Annexion Koreas durch Japan 1910 zunächst angeworben, später auch zwangsrekrutiert, als billige Arbeitskräfte ins Land geholt; nach dem Großen Erdbeben 1923 in und um Tōkyō wegen angeblicher Brunnenvergiftung zu Tausenden vom Mob erschlagen.
Kotatsu: unter einem mit einer Decke belegten Tisch vertieft im Fußboden stehendes Holzkohlestövchen, an dem man sich in der kalten Jahreszeit wärmt.
Kototoi-Brücke: über den Sumida-Fluß in Tōkyo, das westliche Asakusa mit dem östlichen Ortsteil *Kototoi* (»Anfrage«) verbindend.
Kurume: nach dem gleichnamigen Ort auf Kyūshū benanntes, wie »gespritzt« wirkendes Stoffärbemuster.
Kyōka: »komisches Gedicht«, seit etwa dem 14. Jh. entwickelte, betont volkstümliche Form des traditionellen Fünfzeiler-Kurzgedichts, des nach dem Schema 5-7-5-7-7 Silben aufgebauten Tanka oder *Waka* («Japanisches Gedicht«). Das *Herbstwindweib* (Akikaze no nyōbō), mit

persönlichem Namen Masa, zählte wie ihr Mann *Motonari* (1754-1828) zu den berühmteren unter den zahlreichen, vor allem in *Edo* (dem späteren Tōkyō) und dort im Umkreis von *Yoshiwara* wirkenden Kyōka-Dichtern; Akikaze no nyōbō starb 1826 im Alter von 63 Jahren. In ihrem hier zitierten Gedicht deutet *Briefe-Monat* auf den schon dem Herbst zugerechneten Siebenten Monat nach dem alten Mondkalender, möglicherweise eine Anspielung auf die mit diesem Monat verknüpfte Legende vom Hirtenknaben und der Weberin, den Sternen Altair und Wega, die in der siebenten Nacht endlich über den »Himmelsfluß« hinweg zueinander gelangen; *Kiri* ist die japanische Bezeichnung für den Paulownia-Baum (*p. imperialis*).

Manzai: »zehntausendfach (unbändig) begabt«; ursprünglich ein Trommler und ein Fächertänzer, die auf Straßen auftraten und dabei witzig-komische Dialoge führten. Seit Ende des 19. Jh. Entwicklung zu Kleinkunstkabarett und Sketch: das »komische Duo«, populär bis hin zu Film und Fernsehen.
Modernes Theater: japanisch *shingeki*; seit etwa 1910 in Anlehnung an westliche dramatische Strukturen entstandene Bühnendichtung; auch deren Aufführungsstil.
Momoware: »Pfirsich-Spalt«; Jungmädchenfrisur, bei der das Haar am Hinterkopf so aufgebunden wird, daß es wie ein halber Pfirsich wirkt – mit dem in der Mitte sichtbaren Band.

Niwa Fumio: geboren 1904, Erzähler; »Die Bachforelle« erschien als Buch im Januar 1935.

Obi: Binde; im Zusammenhang mit dem Kimono: die zum Teil sehr prächtige Gürtelschärpe.
O-Bon: Totenfest in der Mitte des siebenten Mond-Monats; die für kurze Zeit zurückgekehrten Seelen der Toten werden durch Tänze u. a. erfreut und wieder verabschiedet. Zeit allgemeinen Besuchs der heimatlichen Gräber.

Sakuragi: Ueno Sakuragi, Ortsteil Tōkyōs nördlich des Ueno-Parks; hier wohnte Kawabata von 1929 bis 1934. Das Haus lag nach hinten zu an der Mauer des weitläufigen Friedhofs von Yanaka.
Sasa-Gras: lophatherum gracile; aus den breiten Blättern lassen sich kleine Boote biegen.
Shamisen: dreisaitiges, banjoartiges Musikinstrument.
Sumō: traditioneller Ringkampf, bei dem sich die schwergewichtigen Gegner aus dem runden Kampfplatz zu schieben, zu stoßen oder zu tragen versuchen.

Tabi: eng anliegende Fußbekleidung aus Baumwolle oder Seide mit angeschnittenem Großzeh; früher durch kleine Laschen und Knebel geschlossen.
Totenbrett: japanische *sotoba;* schmales, mit Namen, Sutrentexten und (oder) Sanskritzeichen beschriebenes Brett, das auf das frische Grab gestellt wird.

Ueno-Park: frühere Fürstenresidenz, die vom späten 19. Jh. an allmählich zu einem der wichtigsten Kultur- und Freizeitzentren Tōkyōs ausgebaut wurde: mit Zoologischem Garten, Akademien, den bedeutendsten Kunstmuseen, Konzerthalle usw.

Wakame: »flügelförmig« wachsender, bis zu drei Metern langer Riementang (zu den Braunalgen gehörig), der landesweit von April bis Mai vor den Küsten »geerntet« und auf steinigen Stränden getrocknet wird. Man verzehrt ihn gekocht als Suppeneinlage oder salatartig in Essig eingelegt.

Xingan-Berge: Bergkette im nordchinesischen Amur-Gebiet; bis 1945 zu dem japanisch kontrollierten Staat Mandschukuo gehörig.

Yanaka: Ortsteil Tōkyōs, mit zahlreichen kleineren Begräbnistempeln sowie dem großen zentralen Friedhof der nahegelegenen, um Asakusa konzentrierten »Unterstadt«.

Yasugi: Hafenstadt in der westjapanischen Präfektur Shimane; nach ihr benannt die Y.-Lieder, aus älteren Vorformen entstandene Fischergesänge, die, von Sängerinnen und Tänzerinnen aus der Gegend auf Straßen und Plätzen vorgetragen, nach 1916 in Tōkyō in Mode waren.
Yoshiwara: 1617 beim Aufbau der Verwaltungsstadt Edo (später Tōkyō) eingerichtetes, abgegrenztes »Rotlicht«-Vergnügungsviertel; wurde 1946 mit dem Prostitutionsverbot aufgehoben. Y. spielte eine wichtige Rolle für die Entwicklung der frühen Stadtbürgerkultur.
Yukata: baumwollener Kimono für den Sommer; auch nach dem Bad zu tragen.

dtv drei kontinente

Gioconda Belli: In der Farbe des Morgens (11565)
J. M. Coetzee: Im Herzen des Landes (11566)
Bessie Head: Die Schatzsammlerin (11639)
Nâzım Hikmet: Die Luft ist schwer wie Blei (11570)
Yasunari Kawabata: Handtellergeschichten (11621)
Ruth Prawer Jhabvala: Eine Witwe mit Geld (11569)
Alifa Rifaat: Erste Liebe – letzte Liebe (11586)
João Guimarães Rosa: Grande Sertão (11598)
Nawal El Saadawi: Hamidas Geschichte (11571)
Ghada Samman: Alptraum in Beirut (11567)
Mit dem Taxi nach Beirut (11646)
José Mauro de Vasconcelos: Meine Brüder, der Wind und das Meer (11572)

Drei Kontinente. Ein Lesebuch aus Lateinamerika, Asien, Afrika und der arabischen Welt (11568)

Das Buch

»Mit einem Hahn unterm Arm herumzulaufen, und wäre es noch so spät in der Nacht gewesen, fand die Tänzerin natürlich nicht sehr angenehm ...« Handtellergeschichten – Geschichten, die auf den Handteller passen. Miniaturen eines Meisters, in denen die ganze Welt sichtbar wird. Geschichten von einfachen Leidenschaften und komplizierten Liebesverhältnissen, vom Verlorensein in der Welt und von der Schwierigkeit, mit den kleinen Begebenheiten und den großen Gefühlen, mit den Menschen, den Zeiten und dem Leben zurechtzukommen. Die in alle Weltsprachen übersetzten Handtellergeschichten wurden immer wieder als das eigentliche Zentrum im Werk Kawabatas bezeichnet. Es sind Kurz- und Kürzestgeschichten, in die uns der Autor schon mit dem ersten Satz hineinzieht – als ginge es, trotz der ganz anderen Landschaften, Gesichter und Lebensweisen, im Grunde um uns.

Der Autor

Yasunari Kawabata wurde am 11. Juni 1899 als Sohn eines Arztes in Osaka geboren. Früh verwaist, begann er schon während seiner Schulzeit, Stimmungen und Erlebnisse eines Einsamen niederzuschreiben, die auch veröffentlicht wurden. 1917 bis 1924 studierte er in Tokio Anglistik und japanische Literatur. 1968 erhielt er den Nobelpreis für Literatur. Kawabata starb am 16. April 1972 in Zushi bei Yokohama durch Selbstmord.

dtv drei kontinente